U0137176

湖畔沉思

瓦爾登湖畔散記

亨利・大衛・梭羅 著
吳雲麗 譯

要看太陽初升和黎明降臨，如果可能，還要閱盡大自然本
人們自以為懂得很多，看吧，他們生了翅膀——
藝術啊，還有科學，以及太多的技巧；
其實只有風，才是他們的。

前言 PREFACE

我在孤獨的生活中寫下下面這些文字。在麻塞諸塞州的康科特城，瓦爾登湖的堤岸上，在森林中我親手蓋的木屋裏，在與任何鄰居距離一英里遠的地方，我在靠著雙手勞動，養活著自己。我在那裏生活了兩年又兩個月。現在，我已經回到城裏，重新開始了城市中的生活。

要不是有人到處打聽我的生活情況，我本不願將個人的情況公諸於眾，像是嘩眾取寵，是非常荒唐的。有人說我的生活方式怪異，但我認為他們是錯誤的，相反的，我覺得非常自然，並且合情合理；有人問我吃什麼、是否感到寂寞和害怕等等問題。還有一些人很好奇，想知道我捐給慈善機構的那些東西是怎樣來的，還有一些家庭負擔沉重的人，想知道我收養了幾個貧困的孩子，所以本書在回答這一類問題的時候，請一般讀者原諒我對這些特殊問題的一一答覆。

很多書避免用第一人稱的語氣進行寫作，但本書則多採用這種方式表達，「我」

這一辭彙出現的頻率比較高，實際上，無論什麼書都是以第一人稱的口氣來表達的，這一點都經常不被我們注意。假如我對別人瞭解得像瞭解自己那樣，也就不會反復地說自己的事了。無奈自己閱歷有限，就只能談談自身的情況，但我希望每個作家都不局限於只寫道聽塗說的東西，他應當準確而誠懇地描述自己的生活，像寄給遠方親人的家信那樣進行創作。在我看來，假如一個人生活得很誠懇，他一定是生活在別處的。以下這些文字或許適合清貧的學生閱讀。至於其他讀者，他們自會有所取捨。因為誰也不會削足適履、委曲求全，只有穿合乎自己尺寸的鞋，才會感到適得其所。

我將說到的事物，不一定局限於只與中國人和桑威奇島人有關，而與你們息息相連，這些文字的讀者，在新英格蘭生活的人們，特別是在此世生活的本地土著，關於你們及其所處的環境。你們生活在這個世界上，度過了怎樣的生活啊；你們是否眞的有必要使自己的生活變得如此糟糕呢？這種生活能否改善呢？

在康科特的時候我曾去過許多地方；無論在店鋪、公寓裏，還是在田野上，我到處看到這裏的人們像是在贖罪那樣，幹著種種令人震驚的苦活。我曾經聽說過婆羅門教的教徒坐在火堆中間，眼睛直盯著太陽，或把身體倒掛在烈火之上；或偏著頭看著天空，「直到他們無法恢復原狀，脖子歪曲了，除了液體，別的食物根本無法流入胃中」，或用一條鐵鏈把自己終生鎖在一棵樹下；或像毛毛蟲那樣，用他們的身體去丈量帝國的廣袤土地；或單腿獨立地站在柱子頂上——而就是這種有意識的贖罪苦行，也沒有我所看見的景象那麼令人難以置信，令人膽戰心驚。

赫拉克勒斯的十二苦役與我的鄰居幹的活一比較，就實在算不了什麼，因爲他只有十二個，做完就完了，可是我從沒有見到過我的鄰居殺死或捕獲過任何怪獸，也沒有看到過他們完成了沒完沒了的苦役的時候。他們也沒有依俄拉斯這樣的赫拉克勒斯的忠實奴僕，用一塊火紅的烙鐵去烙那九頭怪獸。它被割去一個頭，就會長出兩個頭來。

我看見年輕人，我的市民同胞，不幸的是，他們一生下來就繼承了土地、房屋、糧倉、牛羊和農具；得到它們容易，把它拋棄可就難了。他們不如生在空曠的原野上，喝狼奶長大，這樣他們也許能夠看到自己是在什麼樣的環境中賣命地幹活。誰使他們變成了土地的奴隸？爲何有人能夠擁有六十英畝土地，而更多人卻註定只能下地幹活呢?爲何他們剛出世，就得自掘墳墓?他們不能不過人的生活，不能不推動這一切，一個勁兒地幹活，盡力使生活過得好一點。

我曾遇見過多少可憐、永生的靈魂啊，幾乎被壓死在生命的負擔下面，他們無法呼吸，他們在生命線上掙扎，推動他們前面的一個長七十五英尺、寬四十英尺的大穀倉，一個從未打掃過的奧吉亞斯的牛圈，還要推動上百英畝土地，鋤地、拔草，他們還要放牧和護林!另一些沒有繼承產業的人，雖然沒有這種代代相傳的、無謂的磨難，卻也得爲他們幾英尺的軀體而委屈地生活，拼命地幹活。

人是在一個很大的錯誤之下勞動著。人健美的身體，大多很快地被犁頭耕了過去，變成泥土中的肥料。就像一本古書中說的那樣，人被一種無可明狀的被稱爲「必然」的命運所支配，他們積累起來的財富，腐蝕於飛蛾和鏽黴，招來了盜賊。這是一個愚蠢的生命，活著的時候或許不明白，到臨終的時候，人們最終會明白這一點。

據說，杜卡利安和比爾把石頭往背後扔，就創造了人類。有詩歌爲證：

Inde genus durum sumus，experiensque laborum，
Et documenta damus quâ simus origine nati.

歷盡千難萬阻，而明瞭來自何處，人類由此變得堅強。

羅利後來曾寫了兩句響亮的詩：

從現在開始，人的內心變得堅硬，任由勞怨，
證明我們本身就是岩石。

盲目地遵從本身就錯誤的神示，把石頭從頭頂向後扔，也不管它落在什麼地方。

大部分的人，即使是在這個比較自由的國度裏的人們，也因爲愚昧無知，因爲莫須有的焦慮、永遠幹不完的粗活，而永遠無法去採集生命的美好果實。過度勞累

使他們的手指變得粗笨和顫抖，無法採集。確實，操勞者操勞了一天又一天，永遠沒有時間停下來，以使自己眞正休閒；無法保持人與人之間最純潔的交往；而他的勞動果實，在市場上卻總是掉價。

他沒時間來做別的，除了做一架機器。他怎麼知道自己是無知的呢——他恰恰是靠這種無知活下來的——他不也經常傷筋費神嗎？在評論他們之前，我們先要解決他的溫飽問題，並用我們神奇的藥劑使他恢復健康。我們生命中最可貴的品質，就像果子上的細粉一樣，需要小心呵護才能保全。而人與人之間卻很少能如此溫柔地相處。

我們都知道，有的讀者是貧窮的，覺得生活艱辛，有時甚至可以說連喘口氣都困難。我知道這本書的讀者中，有人無法為吃了的飯和穿破了的衣服付出錢來，好不容易忙裏偷閒，從雇主那裏偷來點時間，才能讀這幾頁文字。許多人過的是何等卑微、奔波輾轉的生活啊，我知道這些，是因爲我的眼睛已經被我的閱歷磨得鋒利無比了。

你們常常陷入進退兩難的境地，欲做成一筆生意以償清債務，你們陷在一個非常古老的泥沼不能自拔，aes alienum——他人的銅幣中，有些錢幣不是用銅鑄成的嗎？就在他人的銅幣中，你們出生，死亡，被埋葬；你們承諾明天償清債務，明天後還有另一個明天，直到死在了今天，債務還是沒有償完；你們乞求開恩和憐憫，請求照顧，使盡了法子總算沒有被送進大牢；你們編造謊言，拍馬溜鬚，縮進一個安分守己的硬殼裏，或者自我吹噓，作出一副清高和大度的樣子，才獲得了你們的鄰人的信任，允許你們爲他們做鞋製帽、縫衣修車，或者讓你們替他們買吃的；你們在一隻破箱籠裏，或者在灰泥後面的一隻襪子裏，塞進了一把錢幣，或者塞在銀行的磚屋裏，那裏是要安全一些；無論塞在何處，塞多少，也不管數目是多是少，爲了怕生病而拼命賺錢，卻反而被賺錢累得病倒在床上。

我有時感到很奇怪，我們爲什麼這樣輕率，我甚至認爲，我們是在過著臭名昭著的、從國外「舶來」的奴役制度下的生活。有那麼多殘暴而熟練的奴隸主，奴役了南方和北方的奴隸。一個南方奴隸主的監工是狠毒的，而一個北方奴隸主的監工也許更加糟糕，但你們自己做起監工來是最壞的。說什麼——人是神聖的！看大路上的趕馬人，晝夜不分地趕向市場，在他們的內心裏，會有什麼神聖的思想呢？他們的最大任務是伺候好驢馬！與馱運的利益相比較，他們的命運算得了什麼？他們不過是在爲一位繁忙的貴族趕馬，有什麼神聖可言呢？

你看他們卑微地趕著，整天戰戰兢兢的，毫無神聖可言，更遑論不朽了，他們知道自己只能歸屬於奴隸或囚徒這類人。和我們的自知相比，大眾輿論這個暴戾的君主也顯得微不足道。正是一個人如何看待自己，決定了這個人的命運，決定了他的歸宿。要在西印度各州談論靈魂的自我拯救，是不可能有一個威伯爾牧師來宣講的。請再想一想，大地上的女人們，編織著臨死之日梳妝用的軟墊，她們對自己的命運也非常漠視！彷彿得過且過才不會傷害永恆。

人類在平靜地過著絕望的生活。所謂按照老天的意思行事，其實就是一種徹底的絕望。從絕望的城市到絕望的村莊，你必須以水貂和麝鼠的勇敢來鼓勵自己。在人類的遊戲與消遣中，隱藏著一種凝固而無法知覺的絕望。遊戲與消遣中並不存在娛樂，因爲娛樂是下班之後的事情。不做絕望之事，乃是智慧之一種。

如果把我過去關於如何度日的打算告訴大家，或許有些熟悉我的實際情況的讀者會感到奇怪，而那些對我不熟悉的人則會感到驚訝。所以，我在這裏略述幾件小事。

無論如何，我都希望能夠立即改善我當前的狀況，並在手杖上刻下記號；過去和未來的交叉點正是現在，我就站在這個交叉點上。請原諒我說得晦澀難懂。因爲我所從事的工作，比大多數人在幹的活更加神秘；並非我故意保密，而是我的這種工作有這種特點。我很願意把我所知道的都說出來，而非有意讓公眾不知其所以然。

很久前我丟失了一頭獵犬、一匹栗色的馬和一隻斑鳩，到現在我還在尋找它們。我對很多過路人描述它們的情況、蹤跡以及它們會回應怎樣的叫喚。我曾遇到過少數幾個人，他們曾聽見獵犬的吠聲和馬奔跑時的蹄音，甚至還看到斑鳩隱入雲中。他們也急著想把它們找回來，彷彿是他們自己丟失的。

要看太陽初升和黎明降臨，如果可能，還要閱盡大自然本身！在多少個冬天和夏日的清晨，在鄰居們還沒有起床爲他們的生計奔波之前，我已經忙碌了很久了！很多鎮子裏的人都曾看到我幹完活後歸來，包括一大早趕往波士頓的農夫，或去上山打柴的樵夫都曾經遇到過我。是的，我不可能在太陽升起時助它一臂之力，但毫無疑問，我是日出的見證者。

多少個秋天和冬天的日子，我在鎮外度過，傾聽著風吹奏的聲音，然後又把它們播撒出去！我在這裏投注了幾乎所有的資金，爲這筆生意而迎著寒風，連喘氣都很困難。如果風聲中有政黨鬥爭的消息，一定會在報上刊登出來。另一些時候，我在高崗或樹梢的觀察臺上守望，向每一個新來的客人發出信號，或守候在黃昏的山頂上，等待夜的來臨，好讓我抓到一些東西。我抓到的從來就不多，這不多的卻彷彿「天糧」一般，都會在太陽下消融殆盡。

我在一家報紙做了很長一段時間的記者，報紙發行量很差，而編輯也一直認爲我寫的一大堆東西是無用的。所以，作家們都有同感，忍受了巨大的困難，收穫卻微乎其微。然而在這件事上，苦難本身就是一筆不菲的報酬。

很多年來，我自認爲是一個暴風雪和暴風雨的監護人，我忠職守則；我還是一個測量員，我的腳雖不測量公路，卻測量森林中的路徑，並保證它們暢通。我還測量了一年四季都能通行的岩石橋樑，偶爾有人在上面走過，證明了它的便利。

我也曾守護過鎮子裏的動物，它們經常跳過籬笆，爲忠於職守的牧人增添不少的麻煩；我對很少有人涉足的田邊地角也很感興趣，儘管我不大知道約那斯或所羅門今天在哪塊田地中幹活；因爲這已不是我分內的事了。我爲紅越橘、沙地上的櫻桃樹和蕁麻、紅松、白葡萄藤和黃色的紫羅蘭花澆水，以避免它們在天氣乾燥的季節中枯萎死去。

總之，我這樣幹了很長一段時間。我一絲不苟地做著這些事，直到後來越來越明白了，鎮子裏的人們是不願把我包括在公務員中的，也不願給我一點微小的薪水。我記的賬，我可以發誓是很仔細的，但確實從未被查對過，更不用說核准了，結清賬目簡直就是天方夜譚，好在我的心思也不放在這上面。

不久前，一個印第安人到我的鄰居、一位著名的律師家裏去兜賣籃子。「買籃子嗎？」他說。律師回答：「不，我們不要。」「爲什麼？」印第安人出門罵道，「你們是想把我們餓死嗎？」看到他的勤勞的白種人鄰居生活得如此富裕——因爲律師只要把辯論的語言編織起來，就像耍魔術似的，金錢和地位都會接踵而至——這個印第安人曾自言自語：「我也要做生意了；我編製籃子；這是我能幹的。」他以爲編好籃子就算大功告成，剩下的就是等著白種人向他購買了。

但他卻不知道，他必須使人感到購買他的籃子是值得的，至少得使別人相信，購買這只籃子是值得的，要不然他就應該編製一些別的讓別人感到值得購買的東西。我也曾編製過一隻精巧的籃子，但我並沒有編造得使人感到值得購買它。在我看來，編製籃子是我該去幹的事情，根本就不用去研究怎樣編製得使人喜歡。我倒是研究過怎樣才能避免這種買賣的勾當。人們努力追求並且認爲成功的生活，不過是生活中的一種。我們爲何要誇耀一種生活而貶低另一種生活呢？

目錄 CONTENTS

冬之卷・我的生活和藝術

春之卷・瓦爾登湖畔的沉思

冬之卷
WINTER
我的生活和藝術

來訪者

我想，與很多人一樣，我也熱衷於和別人交往，每一個精力充沛的人到來時，我便像吸血的水蛭，把他吸得很緊。我天生不是一個隱居者，如果因爲什麼事情讓我到一個酒吧裏去，那裏最能坐的人，也不見得會比我坐得更長久。

把三把椅子擺在我的房間裏，寂寞的時候用一把，在結交朋友時使用兩把，涉及到社交時得使用三把。要是有很多來訪者，客人多得出乎意料時，供他們使用的仍然只有三把椅子，通常他們都是節約地只是站著。我驚訝於這小小的屋子竟容納著如此多的男女。一天，有二十到三十個靈魂帶著他們的身體，來到我的屋頂下，但是，當我們告別，並沒有感到彼此之間曾經接近得非常緊密。

我們擁有著無數房屋，公共的、私有的、房間不計其數，廳堂巨大無比，還有許多地窖，被用來儲存酒與和平年代的武器，我總覺得對於裏面的居住者，它們過於空蕩而沒有多少用處。它們大而富麗堂皇，裏面的居住者像是毀壞它們的蛀蟲。

有時會令我吃驚萬分，特利蒙德，阿茲垛爾，賣特爾塞卡斯等這些豪族的門僕，通報有客人來訪，卻只見一隻令人發笑的小老鼠，從回廊裏爬過去，一下子又消失在了走道上的一個小窟窿裏。

在我那小小的房間裏，我也曾感到了它的不便，當我與客人之間談論那些大問題而使用高深的辭彙時，我和客人之間就很難有一個恰當的距離了。你得具備足夠的空間，讓思想去作準備，然後啓航，它還得迴旋轉身，然後抵達彼岸；你發出的思想的子彈，也必須控制住它橫衝直撞的動作之後，才會筆直地向前射去，射入對方的耳朵，否則它只需輕輕一偏，從他的腦袋旁飛了出去。另外，我們也得有足夠的地界，讓我們的辭彙在這之間伸展，排列成隊。個體的人，也應像一國的領土，具有個寬闊、自然合適的疆界，甚至還需要一塊中立的地帶，陳在兩個疆界之間。

一位住在湖的另一邊的朋友，和我隔著湖談論一些話題，我發現這是一種無比的享受。在我的屋裏，我們挨得太近了，使得交談在開始的時候卻聽不清楚——爲了讓對方聽清楚，我們無法再輕聲一些。就像是在平靜的水面上投下兩塊石子，如果挨得太近了，它們會把彼此的漣漪破壞掉。要是我們僅僅只是在那兒滔滔不絕，高聲講話，那樣，我們靠得近近的，緊緊挨在一起，感受著對立的氣息，這沒什麼；但是，要是我們在作高深而富有哲理性思想上的交談，我們就得保持一定的距離，好讓我們具有的動物性熱度，找一個散發的空間。

在我們之間，要是彼此的話語裏都有一些需要用思想去領會的東西，它又無法用語言表達出來，我們如果想要很親近地分享這種交流，單純地用沈默來表示一下是不夠的，還得讓我們之間身體的距離更遠一些，無論怎樣的狀況下，都保持在幾乎聽不到對方的聲音。

依此爲標準，大聲說話只是爲了讓聾子聽見。但是，很多美妙的東西，僅僅靠大喊大叫是無法傳遞出去的。當我們交流的主題更加崇高而莊嚴，我們的椅子就會慢慢向後移，越來越往後，直到碰上了兩邊的牆壁，我們便會時常感到了房間的狹小。

我最「願意的」房子，當然是我退隱在其中的那一間，我隨時準備在那兒招待來訪的客人。但是，那裏的地上很少有陽光照耀著，它便是我屋子後面的那片松林。到了夏天，有尊貴的客人到來時，我便帶著他們到那裏去，一位難得的管家早已把地板刷掃好了，傢俱也被擦過，一切都被收拾得井井有條的。

要是只有一位客人來訪，有時要和我共用我那單薄的餐飲，我們便一邊交談，一邊煮一些玉米粥，有時注意著火上膨脹起來的烤熟了的麵包，但交談卻不會因此而被打斷。但是，如果一下子來了二十來人，在屋裏坐著，吃飯的事情就只好不被提及，儘管我的麵包加起來還夠兩個人吃，但是吃飯這個習慣似乎已被大家戒除了，人們變得禁欲，但是這仍然不會被人認爲有什麼不妥，反倒被認爲這是最恰當的、考慮最周全的做法。

從來，肉體上的虧損，都需要急切地去尋找補充，現在卻被拖延了下去，但人們仍然生機勃勃的。以此來看，如果有不止二十個，而是一千個來訪者需要招待，也沒有什麼問題。要是客人在我的家裏見到了我，回去時卻因爲仍然餓著肚子而有些失望的話，他們會相信，我對他們至少懷著同情之心。雖然有很多的管家對此表示了懷疑，但是建一個新的良好的規矩和習慣用以取代舊的，應該並不困難。

一個人的聲譽不是靠設宴請客而博得的。對於我來說，即使是看守地獄之門的、長著三顆頭顱的怪犬，也不會讓我恐懼，但是，如果有人大擺宴席，請我做客，我定會被嚇跑，我想這可能是委婉而客氣的暗示，請我別再去麻煩他。我想這以後我不會再到這些地方去。讓我感到自豪的是，一位來訪者把一片黃色的胡桃葉當做了名片，上面寫著斯賓塞的這幾行詩，把它當做我的陋室銘卻很適合。

他們來到這裏，小屋被塡充起來，
不是爲了尋求娛樂，它們本來就不存在，
歇息就是盛宴，讓一切自然地流逝，
擁有最高貴的心靈，是最怡然而滿足的。

後來擔任了普利茅斯殖民種植區總督的偉斯羅，與一個同伴去正式訪問印第安酋長瑪薩索特時，徒步走過森林，到達他的草房時又餓又累，他們受到了酋長恭敬的禮待。可是吃飯的問題在當天並沒有被提及。到了夜晚，還是用他們自己的語言來說吧——「我們被他招待到他和他的夫人的床上，他們躺在一頭，我們躺在另一頭，床架在距離地面一英尺高的木板上，上面鋪的只有一床單薄的草席。因爲房屋根本不夠住，他的兩個頭目就在我們的旁邊擠著睡，因而我們對食宿感到的不快，比在旅途上感到的不快更強烈。

第二天一點鐘，瑪薩索特拿來兩條他打到的魚，它們比鯉魚大三倍，魚燒出來了，起碼有四十個人分著吃。還好最後大部分人都吃到了。一天和兩夜，我們就吃了這麼一小點東西，還好我們倆的其中一個買到了一隻鷓鴣，不然這就成了一趟絕食之旅了」。

偉斯羅他們不僅在食物方面感到匱乏，而且在睡眠上也十分缺乏，因爲「那種粗野的歌唱（他們一直在歌唱，直到唱著歌睡去）」，他們擔心這會讓他們昏厥，爲了保存能夠回到家裏的力氣，他們便辭別了。確實，他們沒有得到舒適的食宿上的招待，儘管讓他們感到不適的反而是那種崇高的禮遇；在食物上，印第安人在我看來真是絕頂聰明，他們根本沒有吃的，他們很聰慧，知道再多的道歉都是無用的，它們無法代替食物，因此他們勒緊腰帶，隻字不提。後來偉斯羅還去過一次，那時候正是他們五穀豐登的季節，故而未再經受食物的匱乏。

要說人，任何地方都不可缺少。在森林中的時候，到來的客人之多，是我這一生中的其他任一時期所不及的，這就是說，我有一些客人。在那裏，我會見了一些客人，這比在別處會見他們好多了。然而，卻很少有人爲了小事情而到這兒來。在這點上，是由於我的住所在鄉村，遠離著城市，單是這一段路程就把他們分別了出來。

我隱退入寂寞的和深深的海洋，儘管世間的溪流也流彙到這兒來，以我的需求而言，是那些沉澱下來的最卓越的沉澱物，它們聚在我的周圍。還有另一些大陸，它們有另一面還沒有被發現和開掘出來，那些能證明它們的東西，也隨著波濤被推到這兒來。

今天一大早，到我的家裏來的人，可不正是一位眞正的荷馬式的，或帕菲拉戈尼亞的人嗎——他們有著一個詩意的名字，與他的身份是這樣地匹配，總是很抱歉在這兒我無法把他的名字寫出來——他是一個加拿大人，在這兒伐木做柱子，他每天要鑿完五十根柱子上的洞口，他剛剛吃了一隻土撥鼠，那是他的獵狗追來的。他對荷馬也略有所聞，他說「如若我沒有書」，那他「下雨天可就不知道怎樣度過」。儘管一個又一個雨季過去了，他可能還未把一本書讀完。

在他那個遙遠的教區裏，有一位懂希臘文的牧師，教他讀《聖經》裏的詩；我現在卻不得不爲他解釋，他拿著那本書，翻到一段上，「派特拉克羅斯，你像個小女孩似的哭泣，究竟爲什麼？」——

是畢蒂亞那裏傳來了什麼壞消息嗎？
在馬密東，阿格卑之子和依估斯之子，
仍然好好地活著，
除非他們死去，才應該悲傷。

他說：「這是好詩。」——一大捆白橡樹的樹皮被他挾在胳膊下，那是他在這個星期天的早晨採集來的，要拿去給一個病人用的。他說：「這事情今天去做，我想不會有什麼不妥吧。」他認爲荷馬是一位大作家，儘管他並不瞭解他寫了些什麼。大概很難再找出一個比他更天眞、更單純的人來了。他像是與這世間裏的罪惡與疾病，所有使這個世界變得黯淡的都毫不相關，在他看來這些也像是不存在。

他大概二十八歲的光景，在十二年前離開了加拿大，從他父親的家裏出來，到合眾國來找工作，想掙點錢，將來購置一小份田產，這大概是想到他的故鄉去購置。他天生就是從那種最粗笨的藝術形式裏造出來的，身體高大而呆板，性情卻文雅溫和，大大的脖子被曬黑了，漆黑的頭髮非常濃密，他的藍眼睛裏沒有神采，像是昏昏欲睡，但偶爾也會閃閃地亮起來，傳達著他的神情。

他穿著一件羊毛色的外套，已經污穢不堪，頭上戴著灰色的扁平帽，穿著一雙牛皮做的靴子。他的午餐經常裝在一個鉛皮桶裏，他工作的地方離我的屋子有幾英里的距離，一整個夏天他都在伐木——他很能吃肉，經常吃冷肉，並且常常是土撥鼠的冷肉。他的皮帶上掛著一隻石壺，裏面裝著他的咖啡，偶爾還請我嘗上一口。

他很早就來了，從我的豆田裏經過，但是像所有的北方佬那樣，並不急著去工作。他很愛護自己的身體，要是他掙到的錢只夠用來吃住，他也不著急。他的飯桶經常被放在灌木林裏，那是因爲在半路上，他的狗追咬到了一隻土撥鼠，他又轉回去走上一英里半，把它煮熟後存放在他租住的人家的地窖裏，而在這樣做之前，他已經用去了半小時的時間，用來考慮可不可以把它泡在湖水裏，直到晚上——遇上這事情他總是要考慮很久。

早晨，他從這裏經過時，總是說：「飛著這麼多的鴿子啊！要是我不必每天都去工作，要是我有那樣的職業，我全靠打獵就可以滿足我的肉類需求了——鴿子、土撥鼠、野兔、鷓鴣鳥——唉呀！只需一天就可以讓我一星期都足夠吃了。」

他是一個技術熟練的伐木工人，著迷於這種藝術似的技巧，他把樹木齊根砍倒，這樣再發出來的新芽就會異常地茁壯，雪橇也可以拉著木材，從這些平平整整的樹根上馳過。他並不是在樹木砍去了一半之後，把它們用繩子拉倒，他把樹木削得極細或者把它們砍成薄片，最後，用手輕輕一推，就倒了。

那樣孤獨、安靜，內心卻充滿了快樂，這使我產生了興趣，愉快和滿足的神情總是從他的眼睛裏蕩漾出來。他那樣單純的快樂，沒有別的成分。有時候，我去森林中看他伐木，他用難以形容的笑聲來迎接我，用加拿大腔的法語問候我，實際上他的英語也說得不賴。我走到他的近旁，他便把工作停下來，抑制著高興，在一棵剛被砍倒的松樹旁躺下來，剝下了內層的樹皮，把它捲起來，成爲一個圓球，一邊笑著說話，並在嘴裏咀嚼著它。

他的精力這樣充沛，偶爾也會有一些事情需要他去思考，要是碰到了他的癢處，他便大笑著滾倒在地上。他看著周圍的樹木，他會叫道——「確實，在這裏伐木太爽了，我不要別的更好的樂趣了。」有時，他清閒的時間，便帶著一支小手槍到林中去，走上一段路，便向自己鳴槍致敬，一整天都自得其樂的。冬天裏他生起火來，到了正午的時候，便用一個壺來煮咖啡，當他在一根圓木上坐下來，開始吃飯，有時候就會有小鳥飛過來，在他的手臂上停落著，把他手裏的馬鈴薯啄食掉。他便說他「很高興身邊有些小玩意兒」。

在他的身體裏，有著蓬勃的生機。他那種體力上的韌性和滿足，可以成爲松樹和石頭的表兄弟。有一次問他，一天到晚地幹活，晚上會不會感到勞累，他的眼裏流露出誠實而嚴肅的光，回答說：「只有天知道，我可還沒在這一生中當過什麼叫累。」但他的智力或靈性卻與嬰兒一樣，仍是沉睡未化的。他受到的教育幼稚而無用，這是天主教的神文用來教育土著的方式，這種方式下，學生無法提升到意識的境界和層次，只教會了他們信任和崇敬，如同一個孩子，教育仍未讓他變成一個成人，他還是一個孩子。

在大自然創造他的時候，讓他擁有了健壯的身體，並對命運心懷滿足，讓他對周圍的世界保持著他的信任和崇敬，這樣，他便可以在一個孩子的狀態下，一直活到七十歲。他如此單純，沒有虛飾，讓你不需要介紹他，像你不需要把一隻土撥鼠介紹給你的鄰居一樣。他需要漸漸地才能認識自己。在任何事情上他都不創作。他替別人幹活，人家給他工錢，這幫助他解決了衣食，但他卻從未和別人討價還價過。他如此簡單，生來就卑微——要是可以把那些沒有過高期盼的人當成卑微的話——在他身上，這種卑微並沒有非常突顯出來，他自己也不覺得。

對他來說，稍微有一些智慧的人，簡直就成了神仙，倘若你對他講正有這麼一個人要到來，他會認爲這種隆重的事情與他肯定沒有什麼關係，它會自己去發展完成的，還是讓人們把他遺忘了吧。他從未得到過別人的稱讚。對作家和傳教士，他異常地崇敬，覺得他們做的工作不是凡人所能完成的。

當我告訴他，我也寫下了很多的東西，他想了想，認爲我在說書法，他可也寫一手漂亮的字。有時，在公路邊的雪地裏，我看到他用十分漂亮的字體，寫著他的故鄉裏那個教區的名稱，並在那些法語上面標明了重音符號，我知道了他曾經經過這兒。我問他是否想到過把他的想法寫下來。他說，他只是爲那些不識字的人讀過和寫過信，但要把他的思想寫下來，是從未想過的——不行，那可不能，這樣會把他爲難死的，首先應寫些什麼他都不知道，再加上拼音，那可得在寫的過程中時時留意著。

我曾經聽到一位聰明的著名改革家問他，是否希望這個世界發生改變，他感到驚訝並且笑起來，他可從沒有想過這些，他用加拿大口音說：「不用，這樣子我是很喜歡的。」與他交談，可以讓一個哲人得到許多啓示。在陌生人的眼裏，他連平常的事情也一竅不通，但有時候，我卻覺得他是一個我從來沒有見到過的人，我無法弄清楚他到底是聰明得像莎士比亞那樣，還是從未開化，與一個孩子一樣；弄不清他所具有的是詩意，還是愚笨。一位村民曾經對我講過，他遇見他，頭上扣著那頂小帽子，從村子裏悠閒地穿過去，只管吹著自己的口哨，覺得他像一位王子正在微服出訪。

他的書籍只是一本曆書和一本算術，他對算術很精通，而對於他來說，曆書則像是一部百科全書，他認爲那裏彙集著人類的所有精華。確實，在一定程度上也可以這麼講，我時常探尋他對現實社會改革等問題的一些看法，每一次他都回答得很簡單、很實際。他從未聽到過這些問題。我問他，沒有工廠，對他來說可以嗎？他說，挺好的呀，他的衣服是用家庭手紡的佛蒙格布製成的。問他沒有茶或咖啡喝，行不行？這個國家把水除外，還提供什麼飲品？

他說，他曾經把鐵杉樹葉泡在水裏，在熱天的時候，比水強多了。問他要是沒有錢可以嗎？他便證明了錢的諸多好處，他的說法像是在討論貨幣起源的哲學命題，解釋**pecanta**這個詞的根源。要是眞的有一頭牛作爲他的財產，現在他可得到商店裏去買一些針線回來，要把一頭牛一點點地抵押完，對他來說，可眞困難。

他能爲許多制度辯護，連哲學家和他也差得遠遠的，他所列舉的理由都和他是直接關聯，並沒有去想像其他的任何一種理由。一次，聽到有人說，柏拉圖把人定義爲——「拔了毛的兩隻腳的動物」——有人把一隻公雞拔了毛拿來，說這就是柏拉圖的「人」。他卻指出，膝蓋彎曲的方向不同，這個區別很重要。有時，他也大聲嚷嚷說：「我這樣熱愛聊天，眞的，我可以一整天地聊下去。」

有一回，有幾個月沒有見到他，我問他，這個夏天有沒有一些新的見解。「天哪！」他說，「像我這樣有活幹的人，要是產生了什麼新的見解又能不會忘掉，那可好了。也可能和你在一起耕地的人想和你比賽呢，這下好了，你就得一門心思地想著這個；你只會去想那些雜草。」這種時候，他會先問我，有什麼進展。

在冬季裏的一天，我問他，會時常感到滿足嗎，想要在他內心裏找到某種東西，取代他依賴的牧師，讓生活有更深的意義。「滿足！」他說：「有些人對這些滿足，有些人對那些滿足。可能也有人什麼都不缺，就成日裏把背擺在爐子的前面，肚子擺在飯桌的後面那樣坐著，眞的！」可是，我用盡苦心，也發現不了他的關於精神上的東西來，在他的認識裏，最高的原則就是「絕對的方便」，像動物所喜歡的那樣。事實上，大部分人都像這樣。要是我建議他可以改進他的生活方式，他只簡單地說，來不及了，但他卻沒有絲毫的遺憾。然而，他遵循著誠實和別的品德，純正得很。

他的身上，有著積極的獨創性，無論它怎樣地稀有，但是它可以覺察到，並且是絕對的。有時，我還發現他在思索他的見解該怎樣表達出來，這種現象是少見的，不管哪一天，我都願意跑上十英里去觀察這種現象，這好比又一次重溫社會制度的起源。儘管他並不靈敏，或許也不能把自己清楚地呈現出來，但他卻有一些很好的見解經常藏在身上。

他的思想如此地原始，以至和他的生命軀體融爲一體，儘管和那些單純地只是具有學問的人的思想比起來，確是高明的，但它還沒有成熟，還沒有到值得報導的地步。他曾經說，就算是處在最底層、最卑賤的人，就算是沒有任何文化，在這些人中間卻有可能出現一些天才，他從來都有自己的看法，從不去裝出什麼都懂的樣子。他們像瓦爾登湖一樣深不可測，有人說它沒有底，雖然它也許是黑暗的、充滿泥濘的。

有很多旅遊者繞過他們走著的路，想來探視我和看看我的房屋，他們常常藉口討一杯水喝。我對他們說，我喝的水在湖裏，並指給他們看，願意供給他們一隻勺子。儘管我住在偏僻的地方，但是每年四月一日前後，就會有許多人來到這兒踏青，我總會被造訪，我的好運氣便來了，儘管這些人中間也有一些典型的古怪人物。也有一些傻瓜從救濟院或別的地方來看望我，我便設法讓他們展示自己的才能，讓他們儘量對我宣講。這個時候，我們交流的話題大多與才智有關，這樣我的收穫可就大了。眞的，我覺得這些人和貧民管理者，甚至和行政管理委員會的委員比起來，不知要聰明多少，我覺得他們翻身的日子已經不再遙遠了。

關於智慧，我覺得在絕對的愚笨和絕頂的聰明之間，並沒有多大的區別。尤其是有一天，一個令人厭煩的貧民來看我，他頭腦簡單，並且表示想和我一樣地生活。以前我經常看到他和別人在一起，像籬笆一樣站在田野裏，或者在一個籮斗上坐著，看守牛群和他自己，防止丟失。他懷著極大的樸實和眞誠，超越了或者說低於正常的自卑對我說，他的「智力十分低下」。這是他自己的話。上帝如此地造就了他，然而，他卻覺得，上帝在照顧著他，跟照顧別人一樣。「在我的童年開始，」他說，「我就像這樣，我的腦袋不好使，和另外的那些孩子不一樣，我的智力十分低下。我想這是上帝要叫我這樣的吧。」

他就在那裏，他的本身就是證明。他像是一個形而上的謎。我很難遇到一個像他那樣有希望的人——他所有的話都如此樸實眞誠。他越是自卑，越是高貴。我一開始還沒有明白過來，這是一種聰明的做法所取得的效果。我們的交談，因爲這個智力低下的貧民用他的眞實和坦率建立了基礎，因而比智者之間的交談更加高深。

另外還有些客人，不算是一般意義上的城市貧民，但事實上他們也應該是城市貧民了，不管怎樣也可以算是世界貧民。這些客人對你的好客不感興趣，卻想要獲得你的「殷勤款待」。他們很著急，盼望著你的幫助，卻一來就申明，他們下定了決心，例如，他已經不願再自己幫助自己。我讓那些來訪者別餓著肚子到我這兒來，儘管世界上最好的胃口或許被他們擁有著，不管這種好胃口他們是從哪兒得來的。慈善事業的對象，並不是客人。

有一些訪客，他們的來訪早該完成了，自己卻不知道，我已經在做自己的事情，越來越懶得回答他們的問話。在候鳥遷徙的季節，具備各種智慧的人幾乎都會來訪問我。有些人的智慧已經超過了他們所能適用的範圍。一些奴隸逃亡到這兒，帶著種植園裏的神情，時常把耳朵豎起來去聽，彷彿寓言裏的狐狸，獵犬追逐著它們的聲響隨時地會傳過來，他們看著我，目光裏充滿了懇求，彷彿在說——

「基督徒啊，你會不會把我送回去？」

他們中間有一個眞正的逃亡者，我幫助他向北極星所在的方向逃跑。有人很單純，沒有什麼心眼，像隻領著一隻雛雞的母雞；有些人卻雜念叢生，理不出頭緒，像那些有一百隻雉雞都需要去照管的母雞，領著它們都去追逐同一條小蟲子，結果弄得它們髒亂不堪，而且在每天黎明露水還沒有散去的時候，都會有一、二十隻雉雞丟失。另外還有一些人，他們並不使用腿去走路，而是用他們的聰明才智去行程，像一條具有智力的蜈蚣，讓人直打寒顫。有人給我提出了建議，讓我把來訪者的姓名以一本簽名冊的形式保存下來，像某些政府機關一樣；遺憾的是，我具有極強的記性，這東西根本用不著。

不可避免地，我總能發現那些來訪者的特性，女孩、男孩、少婦一進入森林裏就活躍起來。他們在湖水邊凝視一會兒，一會兒又去觀賞一下花，感覺時間就這樣快樂地過去了。有一些商人卻覺得寂寞，一心念叨著他們的生意，覺得我的住處太偏僻，交通不便。就連有些農民也有這種感覺，儘管他們也說，有時他們得閒的時候，也挺喜歡去林中遊逛，很顯然，事實上並不如此。這是一些焦躁不安的人，他們爲了活著或繼續活下去而投入了所有時間。

有些牧師，滿口的上帝，好像這個話題是他們的專利，另外的聲音他們卻聽不進去。醫生、律師、沒有空閒的管家婆，在我外出的時候，趁機審視了我的飯櫥和床鋪——否則某夫人怎麼會知道我的床單比她的髒?有些年輕人,其實他們在年紀上已不再年輕了,認爲照著業內的老路走,是非常可靠的方法——這些人通常都說我這種生活是無益的。哎,這就是問題的癥結所在!

那些已經老去的人,疾病纏身的人,膽小的人,無論他們的性別和年紀怎樣,他們過多地去關注疾病和尚未到來的災難和死亡,他們覺得,生命裏充滿危險的——但是你要是不去想它,那又有什麼危險?他們認爲,小心謹慎的人應該認眞地選擇一個依據,那是最安全的地方,那裏有著可以隨時到來的醫生。村鎮在他們的眼裏是一個眞正的社區,一個共同的聯盟,你能想像得出來,他們去採摘越橘的時候也要把藥箱帶上。

如此說來,只要是活著的人,他就會隨時隨地地死去,然而這種危險,卻因爲他已經成了一具行屍走肉而相應地減少了。一個人把自己關在家裏,和他在外面奔跑是一樣危險的。最後,還有一類人,稱自己是改革家,他們是一切來訪者中最令人討厭的,他們以爲我在永遠地歌唱——

是我建造了這房子；
這些人在我建造的房子裏生活；
但是他們卻不知道後面的兩句是——
就是這些人，讓我萬分厭煩
他們住在我的房子裏。

來叼小雞的老鷹並不會讓我懼怕，因爲我沒有養小雞，但那些會把人捉走的禿鷲，卻令我懼怕。

把最後那種人除去，我還有一些來訪者，他們更讓人感到快活，孩子們到這兒來採漿果，穿著乾淨襯衫的鐵路工人散步到這兒來，還有打魚人、獵人、詩人和哲學家。總之，所有誠實而懷著虔敬之心的人，他們爲了自由到森林裏來，眞正遠離了村莊，我很樂意向他們致意，「歡迎啊，歡迎啊，英國人！」因爲我和這個民族有過交往。

冬天來的舊居民

我遇到過幾場愉快的大風雪，那些冬天的夜晚，我是坐在火爐邊快樂地度過的。那時候，大風雪在門外肆意地狂舞，連叫梟鳥的聲音也被淹沒了。一連幾個星期，在我散步的路上，一個人也沒有遇到，只有一些伐木的人，偶爾到林中來，他們用雪車運走了木料。可是，在林中深深的積雪裏，我卻能開闢出一條小徑，這是大風雪教會我的。有一次，我從積雪上走過去，我走過的地方落下了被風吹來的橡樹葉，它們就在那兒停著，它們吸引的陽光深化了下面的積雪，爲我鋪成了一條乾燥的小徑，到了夜裏，我又順著線條的指引走回家去。

說到人際交往，我便不得不發出呼喚，讓那些森林裏舊時的居住者回來。據鎮上許多人講，在他們的記憶裏，在我屋子旁邊的那條路上，往日曾響徹著舊居民的談笑聲，他們的小庭院和小屋子，星星落落地散佈在林子的兩邊，儘管那時候的森林比現在茂盛得多了。連我也記得在一些地方，輕便馬車行駛的時候，兩旁茂盛的松枝在它兩側擦刮著，那些只能步行到林肯鄉去，卻又不得不獨自一個前往的婦女和小孩，到了這裏都會恐懼不安而猛跑過這段路程。

儘管這只是一條可有可無的鄰村的小路，或者說只有打柴的村民才會從這裏經過，但是那時候一些旅行家，卻被它花紅柳綠的風景所迷惑，那時的景致比起現在來是要繁茂得多了，它留在記憶裏，也更讓人懷想。在村子與森林之間，現在有一片廣闊的曠野，那時候卻是一個楓樹林的沼澤地。這裏的小路，是在許多木材上面鋪成的，現在成了一條灰塵飛揚的馬路，過去的遺跡順著現在已做了濟貧院的斯得拉丹，從田園裏穿過，直達博立茲德的公路下面。

從我的豆田往東走，大路的那一邊曾住著康科特的鄉紳鄧庚、耶克拉漢姆老爺的奴隸卡托。耶克拉漢姆那個鄉紳，為他的奴隸造了一間房子，並允許他在瓦爾登湖的森林裏居住，他是康科特人，並不是古羅馬龍蒂卡的那個卡托，有些人認為他屬於幾內亞的黑種人。只有極少的人還記得在胡桃樹林裏有他的一小塊地，後來他種上了樹，讓它變成了樹林，希望在他老了的時候會有用處。

後來它們被一個年輕的白人投機商買了下來，現在他也有一所狹長的房子，卡托的那個已經坍塌了一邊的地窖還存留著，外來的旅行者被一排松樹擋住了視線，望不出去，因此知道的人極少。那個地方現在長滿了光滑的黃櫨樹（學名叫**Rhus glabra**），那裏還生長著一種茂盛的古老黃色紫苑（學名叫**Solidago stric-ta**）。

在我豆田的拐角處，更靠近村鎮的地方，有過一座小房子，它是一個黑種女人濟爾凡的，她在那兒幫村裏的人織細麻布、唱歌，她的嗓音清脆響亮，瓦爾登湖的森林裏，都因爲她激越的歌唱而有了回聲。後來，一八一二年，一些英國士兵燒毀了她的房屋，那些假釋的俘虜把她的貓、狗、老母雞都一同燒死了，那時她恰好出門在外。因此，她生活得很艱辛，差不多是非人的生活。到這森林裏來的一位老人，也可以說是常客了，他還記得，有一天的中午，他從她家經過，他聽到她對著沸騰的茶壺喃喃地說——「這些全是骨頭，全是骨頭。」在橡樹林裏，我還看到過殘存的磚頭。

順著路往前走，在路的右邊是博立茲德山，博立茲德·胡立曼就住在那兒，「一個機智的黑人」，曾經有好長時間，他是庚明茲老爺的奴隸。現在在那裏，他親手種植的蘋果樹已長成了古樹，但那些他親自培育過的蘋果，卻仍然還有濃郁的野蘋果味。前不久，在林肯公墓裏，我看到了他的墓碑，他躲在一個英軍士兵的旁邊，那是一個在康科特戰役撤退中死去的投彈兵。他的墓碑上寫著「西比奧·博立茲德」——完全可以稱他爲西比奧。阿卑利加拉斯，「一個有色人種」——似乎他曾有過無色的時候。墓碑上還著重突出了他死亡的時間，它間接地告訴了我，這是一個曾經生活過的人。他的妻子芬達和他在一起，她能預測人的命運，但卻是一個非常樂觀的人。她很健壯，黑黑的，長得滾圓，所有黑夜裏的孩子也沒有她黑，在康科特長得這樣一團黑是絕無僅有的。

順著山再往前走，在左邊有一條古道從樹林裏經過，在那裏還可以看到斯德拉頓家殘留的遺跡。在過去，博立茲德山的山坡上全是他家的果園，可現在那些果樹早就被巨大的松樹吞沒了，只有少數幾棵樹根還留下來，一些蔥郁的野樹又從樹根上長了出來。

離鄉鎮更近了，在路的對面，也就是森林的盡頭，這就到了波利德的地界，曾經因爲一個妖怪的到來，使這個地方出了名。在古代的神話傳說裏，這個妖怪還沒有被編進去，但在新英格蘭人的生活裏，他的角色之重要卻讓人吃驚。總會有一天，會有人爲他寫一部傳記，像許多神話傳說中的角色那樣。一開始，他打扮成一位朋友或雇工來到一戶人的家裏，後來他便開始殺人越貨，甚至把那家人全殺了，不留下一個活口——這是一個新英格蘭的惡魔。

但是，歷史卻沒有記錄下這裏發生的一些悲劇，讓時間把它們弄糊塗一點，讓它們塗上一些蔚藍的色彩；還有一個傳說，已經沒有人能把它清楚地講述出來了，說的是曾經有一家酒店，在這個地方存在過，這裏有一口井，旅客的酒水和牲口的飲水，都是從這口井裏取出來的，人們在這裏相遇，談論著各自知道的新聞，最後又各奔東西。

雖然波利德的草房裏早就無人居住了，但在十二年之前，它卻還站在那兒，與我的房子差不多一樣大小。要是我的記憶沒有弄錯，應該是在一個夜晚，恰好是選舉總統的晚上，有幾個搗蛋的孩子縱火燒毀了它。那時候，我還在村邊住著，正在聚精會神地閱讀戴夫南特的《根迪倍爾特》。那一年的冬天，睡病在困擾著我——說到這兒，我也弄不清楚是不是家族的遺傳病。我的一個伯父，在刮鬍子時也會睡去，到了星期日，他爲了清醒著，虔誠地過完他的安息日，就不得不到地窖裏去，給馬鈴薯除芽。

也許是另外的原因，這一年裏，我特別想讀查爾墨斯編的《英國詩選》，一首也沒有被漏掉，把我讀得暈頭漲腦的，我的腦神經就在閱讀戴夫南特的書時昏沉了，我幾乎就要把腦袋垂到書本上的時候，忽然傳來了報告火警的鐘聲。消防車著急地開了出去，男人和小孩子們在它的前後亂跑著，我跑在了最前面，因爲我直接從一條小溪上跳了過去，開始我們還以爲火災是在遠遠的森林的南邊發生的——以前，我們都曾救過火——有時是關著家畜的廏著了火，或者商店、住房或者所有的東西都被燒著了。

有人提高了聲音說「在北格田莊」，「是凱特曼那一帶」，另外又有人肯定地說。接著，森林的上空又騰地升起一陣火焰，好像是屋頂被燒塌了，於是大家一起喊道：「康科特的救火車來了！」車子瘋狂地開了過去，像飛出去的箭，車裏坐著滿滿一車的人，保險公司的代理人或許也在車上，無論多遠的地方發生了火災，他都必須趕去。消防車的喇叭聲卻越來越被甩在了後面，它比先前更慢更穩重了，後來大家在悄聲議論，那些放了大火又來報警的人，就在最後面的那些人中間。

我們只顧往前奔，像一群唯心主義者，不去管我們的感官給我們指出了多麼明白的事實，直到我們轉過了路上的一個彎，聽到火焰在劈啪作響，熱浪從牆的那一邊傳過來，確確實實地貼在了我們的身上，我們才會反應過來。啊呀，這兒就是火邊，熱情卻被降了下來。

一開始，我們想用一個池塘裏的水來澆滅這場火，但最後卻仍然讓它燒下去，因爲這房子已快被燒光了，況且又沒什麼價值。我們圍在那輛消防車的周圍，相互擁擠著，在高音喇叭裏講述著自己的思想，或者低聲地談論著曾經發生過的、規模較大的火災，巴斯商店的那一次也包括在內。我們之中的有些人卻想著，我們要是剛好帶了「桶」而又有滿滿一池塘水，最後那一次可怕的大火，就會被我們變成又一次的洪災。最後，我們沒幹一丁點壞事，就都回了家——睡覺去，我繼續去看我的《根迪倍爾特》。提起這本書，它的序言裏有一段論述智慧和火藥的話——「然而，大多數人卻不知道智慧，正像印第安人不知道火藥。」我不敢苟同。

我在第二天夜裏又從發生火災的地方經過，幾乎就是在同一個時間，我聽到了從那裏發出的低聲歎息。在黑暗裏我試著摸過去，這是一個我認識的人，那家人惟一的孫子，在他身上有著那家人的優點和缺點，他也是惟一關心這場火災的人。現在，他在地窖的邊上撲倒著，順著地窖的牆壁，可以看到裏面的灰燼還冒著煙，他在喃喃自語，這是他已經形成了的習慣。這一整天裏，他都在幹活，在那遙遠的河邊的草地上，但只要有了一點空閒的時間，他就要跑到這裏來，這裏有他先輩的房子，他在這裏度過了他的童年時代。他依次在各個方向、各個地方注視著地窖，他的身子總是趴在地上，像是在他的記憶裏，這些石頭中間還藏著什麼寶物，但除了石頭、磚和灰燼，什麼都沒有，只有燒盡的殘跡。

僅僅只是因爲我的到來，他便像有了一個同情者而感到了安慰。他指著一口井讓我看，在黑夜裏盡可能地看它被填起來了的那部分，他長時間地順著牆壁摸過去，他父親曾親手製造並安裝起來的取水架，被他找到了，他讓我去摸一摸沉重的一端，那裏是用來吊起重物的鐵鉤或門環——這是他在這時惟一抓得住的東西——他要我相信那不是一個普通的架子。我摸了它，以後每當我散步到了這裏，都會看它幾眼，因爲一個家族的歷史就鉤在它的上面。

靠左手邊，有一個地方可以看到水井和牆邊上的一大叢丁香花，在那邊現在空出的一片地裏，南丁霍洛．克洛茲曾在那兒居住過，但是，還是讓我們走回林肯去吧。

在森林裏，比我們前面到過的任何地方還要遙遠，在離湖最近的路邊，有一個叫偉曼的陶匠蹲在那兒。他為鄉鎮上的人製造陶器，他的子孫繼承了他的手藝，在財物方面，他們顯得貧困潦倒，勉強地守著一塊土地，還要應付經常到這兒來收稅的地方官——他來了也沒什麼收穫，只能「帶走一些破爛的玩意兒」做個樣子，因為他確實沒什麼值錢的，我在鎮長的報告裏看到過這些話。

一天，正是盛夏，在我鋤地的時候，有一個人帶著很多陶器要到市場上去賣，在我的田邊停住了馬車，問我近來小偉曼的情況，還在很早的時候，他跟他買過一個製陶用的砂輪，他很想打聽他的近況。用來製造陶器的陶土和輪盤，我只有在經書裏讀到過，卻從來沒有想過我們使用的陶器，已經不是從古代沿襲下來的毫無改變的陶器，或者像葫蘆一樣結在某一個地方的樹上，我聽說，在我的附近也有人在從事著這種雕塑藝術，這讓我十分興奮。

在森林裏，我還沒有講完的最後一位居民是個愛爾蘭人，他叫休．誇爾——如果我的捲舌音足夠濃厚的話。他在偉曼的房子裏借住著——大家叫他誇爾上校，據說他曾是滑鐵盧戰役的參戰士兵。要是他活到現在，我一定要他重新打一次那場戰役。在這裏，他以挖溝爲生。拿破崙到聖赫勒拿島，誇爾卻到瓦爾登湖的樹林裏來了，關於他的故事，我瞭解到的都是悲劇，他很有氣質，談吐比我周圍的人斯文多了，是一個眞正見過世面的人。

由於他得了震顫性譫妄症，在夏天到來的時候，他仍然穿著一件大大的長衣，臉色是胭脂紅的，我來到森林裏還沒多長時間，他就去世了。在博立茲德山腳下的路上，我對他的記憶並不僅因爲他是我的一位鄰居。在他的房子被拆除以前，他的朋友們都繞道避開了，他們認爲那是「一座陰森的凶堡」。我去看過，那高高的木板床上，攤著他那些皺巴巴的舊衣服，像他本人一樣，他斷了一截的煙斗，放在火爐邊上，卻沒有在泉水邊摔破的碗。

這裏的泉水，並不是死亡的代名詞，因爲他曾經對我說過，他早就知道了博立茲德泉水的名聲，卻從來沒有去拜訪過。一些污濁不堪的紙牌散得滿地都是，方塊、黑桃、紅桃等等還有別的。在另一個房間裏，一隻小雞仍然在那兒住著，它長著墨黑的羽毛，像黑夜那樣，它靜悄悄地走路，連咯咯的聲音也沒有，也許是在等待著什麼到來吧！在屋後，可以看得出曾經有過一個園子，也曾經被播種過，卻從來沒有被鋤過，因爲它的主人手抖得很厲害。

現在正是收穫的季節，那兒遍地都是羅馬苦艾和叫化草，叫化草結出的小小的果實粘在我的衣服上。一張土撥鼠的皮被展開來貼在屋子後面的牆上，這是他的戰利品，他自己的最後一次在滑鐵盧得來的，但是，他再也不用去做暖和的帽子或手套了。

現在，只有從一個凹下去的坑跡，還可以辨識出這兒曾經有過的老宅，地窖裏的石頭幾乎被埋進了土裏，向陽的荒草叢裏長滿了草莓、木莓、覆盆子、馬對子和黃櫨樹。北美松和橡樹佔據了原來安煙囪的地方，一株蔥蘢的黑楊木在原來可能的檻上晃動著。有時候，可以很清楚地看出一口井的凹下去的痕跡，這裏曾經有過泉水，現在只有無淚的草。也許這些茂盛的草遮蔽了泉水——在很遠的將來，才會有人來發現它。

那些茂密的草叢是從一塊平整的石頭上長起來的，那是拆毀這宅子的最後一個離開的人搬來蓋住的，封蓋了井——這是一件多麼悲哀的事情，這個時候，淚泉也會湧流出來的。地窖凹陷的痕跡，像被狐狸遺棄在這兒的洞穴；陳舊的窨洞，提示著也曾有過熱鬧的人群在這裏生活過，那時候，他們說著不同的口音，用不同的方式談論著命運、自由思想、天賦和預知能力等等。但我所知道的他們討論結果中，只是「卡托和博立茲德曾經拔過羊毛」，這是很具有啓迪意義的，與著名哲學派別的歷史一樣。

這裏的門框、門楣、門檻早已消失了一個世代，丁香卻還透露著勃勃生機。每一個春天，它打開自己的花朵，散發出芳香，讓那些沉思的旅行者來摘了去。以前，有一個小孩子親手種下了它，把它插在院子裏——它現在是長在牧場上，沒有人走到的牆邊，並且那些新生的村子也已經來佔領這兒的土地——這些丁香成了這個家族僅留下來的一點遺跡。孤獨的遺民，那些黝黑的孩子並不會想到，他們把一枝只有兩個芽眼的小嫩枝，插在屋子投下的影子裏，天天去給它澆水，它卻長出很深的根來，超過了他們活在世上的年歲，超過了把影子投在它們身上的老房子的年歲，甚至，大人們的花園、果園也在它之前消逝了。他們長大，離開了人世，然後又過了半個世紀，他們的故事還在被丁香花講述著，給一個又一個的旅行者——它們那嬌美的花瓣、甜蜜的香味，卻還像是開在第一個春天裏的那樣。我看到它依然明快、謙恭，泛著暖和的色調。

可是，這個小小的村莊，像一個幼芽，本來也是可以長大起來的，康科特還在那兒存在著，爲什麼它卻消敗了？是沒有佔據著天然的優勢——比如是水不夠養人嗎？可是，有著幽深的瓦爾登湖和清麗的博立茲德泉水——這種富有和有益，卻只被用來兌他們的酒，除此以外便毫不加以利用。

他們是些只知道口渴的人，在這兒編籃子、打掃馬廄的掃帚、編草席、曬玉米、織細麻布、製陶，這些活計都沒有發展下來。荒原蓬勃得像開放的玫瑰，爲什麼這些祖先的運動場，卻沒有子孫來繼承？這些土地一再地由貧瘠退化爲低地。可悲呀，回憶起無限的美景，這些人類的居民卻毫無貢獻！或許，這是大自然的又一次嘗試，讓我做這裏的原始居民，讓我去年春天裏建造的房子，成爲最古老的房子。

在這塊土地上，我佔據著的這兒，我不知道以前是不是有人建造過房子。不要讓我居住的城市建在一座古城的廢墟之上，它的材料就是那些廢墟，它的花園就是那兒的墓地。那些土地早已驚恐不安，早已受到了詛咒，而在這之前，大地恐怕也在遭遇著毀滅。我這樣幻想著，把這些人又置入森林中，讓自己進入夢鄉。

這個季節，很少有客人到來。在雪堆得很深的時候，大多數時候是一整個星期，甚至半個月，都沒有人走到我的房子這裏來，可我卻生活得很好，像一隻老鼠、一頭牛或一隻雞在草原上生活著。聽說它們在厚厚的雪下面被埋上很長時間，什麼都不吃，也能活下去。或者，像我們州薩頓城的第一家移民，聽說，一七一七年的大雪，完全湮沒了他家的房子。那時候恰好主人不在家，幸好有一個印第安人在雪堆中發現了一個窟窿，認爲那是煙囪中冒出的熱氣融化掉的，救了他們全家。

現在，友善的印第安朋友不再來關心我，也不需要，因爲屋子的主人在家裏。大雪，聽起來多麼讓人激動！農民們不再趕著驢馬到森林或沼澤裏來了，他們只能待在家裏，修剪那些在門口擋住了他們光線的樹枝。在積雪變得堅硬了的時候，他們來到沼澤裏砍樹，明年的春天到那兒去看，發現他們砍剩的樹樁，至少離地面還有十英尺高。

雪堆得最厚的時候，從公路上到我的房子那條半英里的路，變得蜿蜒曲折起來，像是一條不連貫的線，每兩點之間都有一大段空白。在連續的一星期裏，都是寧靜的天氣，我每天走出去相同的步數，邁著同樣大小的腳步，走得非常小心，像一隻兩腳圓規，精確地踩在以前的腳印上——我們被冬天固定在了這樣的路線上——但是這些腳印反映著有一個晴朗的天氣。

其實無論什麼天氣，都不能成爲阻止我出門的最嚴重的因素，在最深的積雪裏，我出門步行八或十英里，專門爲了去赴約，和一棵山毛櫸、一棵黃楊樹，或另一個住在松林裏的老朋友，我們約定了時間。那時間，它們的四肢被大雪壓彎下來，樹頂就顯得尖尖的，使松樹看起來像是鐵杉。

有時候，我從兩尺深的積雪裏跋涉到山頂去，每一步都得抖掉我頭上那一大團雪。有幾次，我乾脆撲在地上爬行，我知道獵人正躲在家裏過冬。一天下午，我很有興致地觀察一隻花斑貓頭鷹（學名叫 **Strix nebulosa**），它在一棵白松下面的枯樹枝上坐著，身子靠近樹幹。大白天裏，我離它還不足一杆，我走動時，它可以聽見雪在腳下發出的聲音，但它看不清我。當我把聲音弄得很大，它就向前探了探脖子，把頸上的羽毛豎起來，眼睛睜得大大的，但它馬上又合攏了眼皮，開始點著頭打起瞌睡來。我這樣看了它半個小時，自己也感到昏昏欲睡，它半露著眼睛，像是一隻貓，它就是貓那長了翅膀的哥哥。它的上下眼皮之間留著一小條縫，和我保持了一個半島形的關係，它從夢中的土地上望著我，想努力地弄清楚我這個模糊的物體，或是一塊灰塵在阻擋著它的視線。

最後，也許是我弄出了更響的聲音，也許是我的進一步接近使它惶恐起來，它笨拙地在樹枝上轉側了一下身子，似乎被打斷了美夢，卻很不以爲然。它飛了起來，伸展著翅膀，高高地在松樹林裏飛著，沒想到這個時候，它的翅膀展得大大的，可我卻沒聽到一點兒聲音。它在松樹之間飛來飛去，彷彿是憑著感覺，沒有用它的眼睛，它的羽毛也像是有著感覺，它飛到一個背陰的地方，停在了新的一根樹枝上，在那裏，它寧靜地迎接著它那個世界裏的黎明和白晝。

我從鐵路的堤岸上走過去，在這條貫穿了整個草原的鐵路上，我遇到了刺骨的寒風。因爲在這兒，寒風刮得比在哪兒都自由，風雪刮打著我的左臉時，即使我不是一個基督徒，也要把右臉送給它去刮打。那條從博立茲德山上下來的馬路，也強不到哪兒去。我仍然要走到鄉鎮上去，像一個友善的印第安人，那時候，厚厚的雪堆在廣闊的原野上，撞到瓦爾登湖路的兩邊來，有人從這裏過去半小時之後，便什麼足跡都看不見了。

回來的路上，又重新刮起了大風雪，我掙扎在風裏，西北風在路上奔忙著，把銀白的雪花撒在路的一個大拐彎處，地上連一隻兔子的足跡也沒有留下，更不用說那些田鼠細細的小腳印了。但是，即便在深冬裏，在沼澤那一帶，我還看到了青草和野蓮在鬆軟、柔和的雪地上露出常綠的葉子，還有一些耐冷的鳥，在冬天裏堅持著等待春天的到來。

有時候，雪雖然下過了，我散步回來，卻發現從我的門口延伸出來的、打柴的農民留下的深深的腳印。我看到火爐上有他隨手削尖的樹枝，他的煙斗味還殘留在屋子裏。有時候，在某一個星期日的下午，我剛好待在家裏，聽到腳踏在雪上的聲音從屋外傳進來。來的是一個農民，長著長形的臉，他從老遠的森林裏來和我聊天，他是傳統意義上的「莊稼人」中的少數人物之一。

他穿勞動服，不是教授的長衣，談起從宗教或國家那裏來的道德觀念，與他在用車拉廄肥一樣自然。我們談論著古樸、原始的時代，那時候，人們圍坐在一大堆火邊上，空氣冷著讓人異常精神，人人都有著清醒的大腦，如果沒有水果可以吃，就把那些松鼠丟棄了的堅果找來，用我們的牙齒去試一試，因爲那些有著最堅硬的外殼的果實，也許裏面什麼都沒有。

一個詩人，從最遙遠的地方，跋涉過最深的積雪，冒著最淒厲的大風暴，到我的小屋裏來。這時候，就是一個農民、一個獵人、一個士兵、一個記者，甚至一個哲人都被嚇住了，躲在家裏不敢出來。但是一個詩人，沒有什麼阻攔他，他懷著愛，他要到哪兒，又有誰能預言？就是在醫生們都入睡了之後，他的職業也會讓他出門去。我們讓歡笑聲從這小屋裏升起來，清楚地談論了一些話題，彌補了瓦爾登湖山谷長期的沈默，比起這兒來，百老匯也是沉寂而荒涼的。

一陣子間隙之後，常常就會有笑聲升起來，有時是因爲一句剛剛說出來的話，有時候是因爲剛想講述的一個笑話。我們喝著稀粥，談論著一些「新鮮」的人生哲學，這碗粥供給了客人晚餐上的滋養，它的特性又保證了我們清醒地談論哲學。

我不會忘記，居住在瓦爾登湖的最後一個冬天，有一位到來的客人，讓人覺得敬愛。有一段時間，他從雪雨和黑暗中走來，直到在樹林裏看到我亮著的燈，我們在一起度過了一些漫長的冬天的夜晚。他屬於那些最後的哲學家——一開始，他爲那個州的商品賣力，後來他宣佈要把自己的思想推銷出去。他仍然在推銷他的思想、頌揚上帝、諷喻人們的無知，思想才是他惟一的果實，像藏在堅果裏的肉仁。我想，在有信心的人當中，他是活著的人當中最有信心的一個。

他的言談和觀念裏，認爲所有東西都有人比他認識得更好，隨著一個個時代的改變，他大概就會成爲最後一個心灰意冷的人。現在他還沒有打算，現在他儘管還不起眼，但是，到了屬於他的時日到來的時候，常人無法預想的法規就會被推行，一個家庭的戶主和一個國家的掌權者都會去找他，聽取他的意見。

「對澄明之人視而不見，是多麼盲目！」一個忠實於人類的朋友，他已經要成爲對人類進步有益的惟一一個朋友了。一個遠古淳樸的人，或者說是一個永生者，他的耐心和信念永不厭倦，努力闡述著人本身具有的特性。人們供奉的神靈，不過是被毀壞了的、想要傾倒下來的神靈的紀念碑。他懷著慈悲和智慧，擁抱孩子、乞丐、瘋子和學者，他海納一切思想，讓他博學而又精良。我想他應該去全世界的大路口上開一家大旅館，招待全世界的哲學家，他應該掛出這樣的牌子：「招待人，但不要把他的獸性帶進來，請有著恬靜淡泊心志的人進來，請想要尋找一條正路的人進來。」

他的清醒也許是這個世界之最，在我認識的人中，他是最沒有心計的一個，昨天和今天他是同一個人。過去，我們一起散步、聊天，世界被我們拋在了身後；由於這個世界的任何制度都與他無關，他有著上天賦予他的絕對自由，囊括著所有的機智。無論我們轉向哪一條路，天地都像是連為一體，秀麗的景色因為他而增色不少。

一個穿藍衣服的人，天空是他最適宜的屋頂，可以映照著他的澄淨。我無法相信他會離去，大自然捨不得讓他死。我們談論各自的思想，像是曬乾的木製標籤，我們坐下來，試試我們的刀子，把它們削得尖尖的，觀賞著從松木板木質裏透出的亮澤的紋路。我們平和而虔敬地渡過溪水，我們攜手往前走，如此默契，因而不會把我們思想中的魚從小溪裏嚇跑，它們也不會被河邊的釣魚人嚇跑。它們悠閒地游來遊去，像飄浮在西邊的天空中潔白的雲朵，泛著貝殼的光澤，有時聚成某一個形狀，有時又四散開。

在那兒，我們工作，考證神話和寓言，建造空中之城，因爲大地並沒有爲我們提供有價值的地基。偉大的觀察者！偉大的先知！在新英格蘭的夜晚，與他的談論已成了無比的享受，哦，我們擁有的這些談話，一個隱居者和哲學家，還有那個老移民，我曾經得到的那個——我們三個人——我們的談論使小木屋膨脹起來，震顫著；我無法說出，到底有多少重量壓在圓弧的裂縫上，知道今後要用多少愚笨才能把它塞滿，防止它滲漏——還好我揀到的這些破麻絮已經很多了。

還有另外一個人，他的家在村子裏，他就住在自己的家裏，我們在一起共同度過了不少「美妙的時光」，讓人難以忘懷，他經常來看望我。我交往的朋友就再也沒有了。

像在另外的那些地方生活一樣，有時，我盼望著一些客人到來，但他們永遠也不可能到這兒來。畢濕奴沐南那說：「黃昏來臨的時候，主人應該在大門口徘徊。以等待客人的到來，應該有擠完一頭牛的乳水那麼長的時間，在必要的時候，還可以延長。」我經常如此鄭重地等待客人的到來，時間長得可以擠完一群牛的乳水了，但卻看不見有人從鄉鎮上來。

冬天的湖

從一個寧靜的冬夜的睡眠中醒來，感覺像是有什麼問題還未回答，在夢裏我曾試圖回答，卻找不到答案——爲什麼——怎麼樣——何時——哪兒？我看到的是清晨的大自然，孕育萬物，它探進我的窗戶裏來，恬靜滿足，並沒有什麼問題留滯於它的唇間，醒在大自然和天光裏，這便是我該回答的答案。

地上覆蓋著厚厚的雪，小松樹點綴在上面，那個有我的小木屋的小山坡也像在說：「向前去！」大自然緘默不語，倒是我們人類提出了問題，而它也不回答。它早已經有了自己的判斷：「啊，王子，我們凝視你，眼含傾慕，我們的靈魂便吸收了宇宙迷人而萬變的景象。當然，黑夜遮蓋了一部分這偉大的創造，然而，白晝來臨了，將爲我們再次開啓這作品，它從大地一直伸展入蒼天之上。」

我於是開始了黎明的工作。首先，我帶了斧頭和水桶去找水，我要不是在夢裏的話，在一個下雪的寒夜過後，需要靠一根杖才可能找到水。湖水拉動著粼粼的波光，它異常地反映出每一點動靜，每一道光和影子，但是到了冬天，湖面結上了冰，有一英尺、一英尺半，連最笨重的牲畜也可以在它的上面跑。或許還會有一英尺厚的雪堆在冰上，讓你無法辨別出哪裡是湖，哪裡是平地。它像冬眠在四周山裏的土撥鼠那樣，閉著眼睛，將有三個月或更長的時間在睡眠中過去。

當你置身於積雪的湖面，就像站在遍山包圍的牧場中間，我掘開了一英尺深的積雪，又把一英尺厚的冰塊掘開，一個天窗就在我的腳下被打開了。我跪下來喝水，看見了魚兒寧靜的廳堂，那兒灑滿了柔和的光線，像是從磨沙玻璃裏照了進去。鋪滿了細沙的湖底與夏日裏一樣，給人以一種房屋的寧靜和澄淨之感，像是黃昏來臨的琥珀色的光，映著那裏的居民冷靜、平和的心境，是那樣的和諧。它們的天空在我的腳下，與它在我們的頭頂上一樣。

每一個黎明，萬物因爲嚴寒而被凍得脆弱極了。人們從雪地裏走過來，帶著魚竿和簡便的午餐，到這兒來釣鱸魚和鯪魚。這些人帶著他們的野性，他們的本能讓他們採取了和另一些城裏人不同的生活方式，有著別樣的信念。他們到來，然後離開，把許多城鎮的這兒和那兒縫合在了一起，不然，城市之間仍然各自分離開來，他們穿著厚實的粗呢外套，在湖堤的乾橡樹葉上坐下來，吃他們帶來的午餐。他們那樣聰明，懂得自然界的經驗，像城裏人懂得虛僞造作一樣。他們對書本知道得很少，他們的知識和表達，遠遠趕不上他們的作爲。

據說他們的作爲還不爲人知。他們中有一位，把大鱸鳥當誘餌來釣鯪魚。你到他的桶裏去看看，裏面像盛著一個夏天的湖泊，令人驚歎，夏天像是關在他的家裏，或者，他能找到夏天的藏魚之地。你問他，這個寒冷的冬天，他是怎麼捕到這麼多魚的？呀，冰封了大地，他去枯樹上找來了蟲子，就捕到了這麼多魚。他把他的生活安置在深深的大自然裏，是自然學者無法企及的深度，他本身就可以讓自然學者的研究另闢專題。

學者們爲了尋找蟲子，小心地用刀子挑開苔蘚和樹皮，而他的斧頭卻直劈樹心，遠遠地震飛了苔蘚和樹皮。他的生活要他去剝下樹皮，這才是有捕魚權的人，我喜歡看到大自然在他身上展現自己。鱸魚吃螬蟲；鯪魚吃鱸魚；漁人吃鯪魚；生物等級就這樣被鏈結了起來。

薄霧迷漫的日子裏，順著湖岸信步的時候，我看到了一些漁人用原始的方式來侍弄他們的生活，那樣讓我興致盎然。在冰上，他也許會每隔四五杆便挖出一個小窟窿來，這許多的小窟窿到湖岸的距離相等，上面架著一枝白楊，枝丫用繩子固定住了，防止它被拉進水裏去。距冰面一英尺多的白楊枝上掛上漁線，上面還繫了一片乾橡樹葉，只要漁線一往下沉，說明魚兒上了鉤。當你沿著湖走上半圈，便會在薄霧中看到這些相等距離的白楊枝浮現出來。

瓦爾登的鯪魚！當我俯在冰上，或者從漁人們挖的冰眼裏望進水裏去的時候，我看到了它們。它們的驚世駭俗之美，常讓我驚異萬分，像一種種神秘的魚，不出現在街上，也不出現在山林裏，像阿拉伯不出現在康科特的生活裏一樣。它們的美光彩奪目、超凡脫俗，和那些小紋鱈和黑紋鱈相比，簡直迥異於天壤，可是後者的名聲卻街巷相聞。它們的綠不是松樹的那種，也不像石塊那樣灰，更與天空的藍不同，我覺得它們的色彩是世間罕見的，像花、鑽石、珍珠，是動物化了的瓦爾登湖之心或水晶。

它們是純粹的瓦爾登，它們的本體在動物世界裏，就是一個小小的瓦爾登，啊，這許許多多的瓦爾登！它們在這兒被捕到，多讓人驚奇——在這幽深廣闊的湖水裏，遠遠地避開了經瓦爾登的驢馬，簡便馬車和叮噹作響的雪車，這金碧輝煌的魚游來游去，多麼偉大。我從未見它們在集市裏出現過，在那兒，它必是萬目聚光的焦點，它們痙攣性地擺動了幾下身子，很簡單地擺脫掉那些投在水裏的鬼影，像一個凡人提前飛升。

我因爲極力想復原傳說中早已丟失了的瓦爾登湖的湖底，在一八一六年初，冰凍還未開化之前，我便帶了羅盤，絞鏈和測深度的鉛錘，小心地去探察它。對這個湖的湖底，或者它的無底的傳說，早已不勝枚舉，它們當然都毫無根據。讓人奇怪的是，尚未經過探查，人們就迅速地接受了這個無底之湖的說法。

一次，我在附近這些範圍裏散步時，曾到了兩個這樣的無底的湖邊。對此，堅信不移的人眞多，他們相信瓦爾登湖的確穿過了地球，一直通達它的另一面。有些人俯在冰上已經很久了，從那不眞實的媒介看到下面去，他們的眼睛或許還變得水汪汪的。但由於對風寒的警惕，便很快得出了結論，稱他們看到了無數巨大的洞，眞有人想用乾草去塡塞的話，「無法想像能塞進多少乾草」，那很顯然只會是冥河的入口，它們會一直到達地獄的疆土。

此外，還有人從村裏駕著馬車趕到這兒來，裝著滿滿一車子繩索，仍四處探不出湖底。因爲，他們讓馬在路邊休息時，在水裏把繩子放了下去，想探究出它神秘難測的湖底，卻徒勞無獲。但是，讀者們，我能夠肯定地告訴你，瓦爾登有一個精密而合理的湖底，儘管它深得罕見，然而並非超乎常理。我非常簡單地測出了它，只用了一根釣鱈魚的漁線，我把一塊有一磅重的石頭拴在魚線的一端，它準確地提示了我的石頭離開湖底的時間。

因爲當它的底下不再充滿湖水的時候，得花很大的力氣才能把它提起來。最深處正好有一〇二英尺，最好把後來漲高的五英尺再加上去，一共是一〇七英尺，這窄窄的湖面卻承納了如此的深度，確實讓人吃驚，但是無論你動用了多麼豐富的想像力，都不會讓它減少一英寸。要是所有湖都十分淺，那又怎樣？它在人類的心靈裏，難道會沒有一席之地？我卻感謝這個湖，深邃而純潔，能作爲一個象徵存在，當人們仍舊相信永恆時，有一些湖泊就會被當做是無底之湖。

在我測出湖的深度後，有一個工廠老闆不相信這是事實，因爲從他對堤壩的瞭解看，這樣陡峭的角度是留不住細沙的。然而，即便是最深的湖，只要用它的面積來計算其比例，它的深度與人們的想像就顯得相去甚遠了。要是把它的水抽乾，顯現出來的並不是一個非常深的山谷。它們的形狀不似山谷，卻像一隻杯子。這個湖，從它的面積來看，已擁有了令人吃驚的深度，但如果從它自中心縱切下來，它的切面則淺得像一隻盤子。如果把許多湖泊的水抽乾，保留下了一片草地，並沒有比我們日常看到的更低一些。

威廉．吉勒平那樣擅於描寫景物，並且那樣準確，在蘇格蘭費因湖的拐角處，寫下了「這個鹹水灣」深度有六、七十英尺，寬四英里，它的長度大概有五十英尺，高山圍在它的四周。他又評論道：「我們要是在山洪暴發，或任何大自然的神奇力量造成它時，在山洪湧入之前看到它，那定會是一個可怕的巨洞！」

山峰高高地升到了天上，
湖底降到了這樣低窪的地方
寬闊平坦，多好的河床——

可是，要是拿費因湖灣最短的直徑比例到瓦爾登上運用，那麼，它的深度只是瓦爾登的四分之一。而我們已經知曉，瓦爾登的縱切不過像一隻淺淺的盤子，要是清乾淨了費因湖之水，那個誇張的洞口也不過這樣可怕。絲毫也不用懷疑，很多那些一直在玉米田延伸出去的山谷，現在笑裂了嘴，它們都是洪水過後暴露出的「可怕的洞口」。儘管要讓那些從未想過的居民相信這個事實，得花去那些有洞察力與遠見的地質學者的一番精力。

在低垂的地平線上，突起的那些小山裏，一雙敏銳的眼睛能夠識別出那裏曾經有一個原始的湖泊存在過，以後，平原升高了起來，企圖掩蓋了它的歷史。然而，有過在公路上工作經驗的人都知道，大雨過後，要知道那兒是坑窪，只須看看那些泥水潭。也就是說，想像是要略微走遠一點，要潛到大自然之下，升高到它之上。因此，只要去衡量一下面積，海洋的深度或許就不足掛齒了。

在冰上，我已測量過了湖深，現在我已經可以確定湖的形狀，和我在未結冰時測量港灣比起來，準確多了。我最後發現它總體上很規則，這很讓我意外。有幾英畝坦蕩的土地躺在最深的湖底，和那些敞在陽光裏、微風中的耕地，幾乎沒有什麼差異。我在一個地方隨意地確定了一條線變化，通常情況下，在靠近湖心一百英尺範圍內，無論向哪一個方向移動，我都可以預知深淺變化不會超過三、四英寸。

經常會有人說，甚至會有可怕的洞穴在這平靜、鋪滿細沙的湖底，可是這要是真的存在，那些險惡不平之處也早被湖水撫得平坦了。湖底那樣有規則，它的湖岩及四周的山與它那樣協調，那麼完美，隔著遠遠的湖岸，就可以把一個湖灣測量出來，在它的對岸看看，便可以預知了它的走向。岬角伸出去的地方，形成了沙洲和淺灘，漂水流過的山谷，在湖底形成深水區，立在湖邊的山峽，成了湖峽。

我以十杆比一英寸的比例畫出了湖的樣圖，在一百多個地方作了深度的標記，令人吃驚的巧合就更加顯露出來。我發現湖心恰好就在標記著最深的地方，我用直尺在最長的兩點之間作了一條線，又在最寬處作了一條線，讓人吃了一驚，兩條線的交彙處，雖然有著坦蕩的湖底，但輪廓卻不太規整。長寬之間的差距，是依據凹陷處來測量的，我暗自想，這是否也是海洋最深處的狀況，它和一個湖或一個水塘有沒有兩樣呢？如果我們把高山和山谷相對著來看。是不是也可用這個規律？我們知道，最高的山頂不一定在最峭拔的山峰上。

這個湖有五個凹口，我去測量過三個，都有一小塊沙洲在凹口上，往裏卻是深水。但是那些沙洲不僅橫向漫延，擴大自己的面積，而且還向縱深方向擴張，想要形成一個盆形的獨立的小小湖灣。它們的位置由兩個岬角顯示出來，在每一處湖岸的入口處，也都有一個這樣的小沙洲。與凹口一樣，寬處比長處更爲廣闊，以相同的比例來計算，沙洲上的水比盆形湖灣內的更深。因而在我告訴了你凹處的長寬和湖岸的整體情況後，你就有了足夠的材料，列出公式，把它運用到相同的所有情景上去。

運用這些經驗，我測出了湖的最深點，這完全依據於對它的平面輪廓和湖岸特徵的觀察，這檢驗了我這種測量的準確性。我作了一張白湖平面圖，白湖佔據了四十一英畝上下的面積，與瓦爾登湖一樣，沒有島，沒有湖水的來源；最長和最短的兩條線挨得極近，兩個相對的岬角隔岸靠近，兩個相對的沙洲彼此遠離，我因而在最短的線上挑了一個和最長線的交叉點，把它標記爲最深處的點。而最深處距離這個點果然不到一百英尺，從我定的那個方向過去一小段距離，比預測的深一英尺，這就是說，它的深度是六十英尺。當然，如果有泉水流到這兒來，或者有一個島嶼在湖裏，那就複雜多了。

我們如果掌握了一切自然規律，我們就只需弄清楚一個事實，或客觀眞實地描述下一個現象，就能夠知一推三，一切特殊的結論便都可以推演出來。現在，我們只知道個別的規律，因而常常得出荒謬的結論。當然，這絕對不是因爲大自然沒有規律或混亂之故，而是我們在對眾多的原理缺乏認識時就進行了推算。

我們所能認知的規律，通常只限於我們考察過的事物；但是，還有更多的規律，它們看似矛盾，實際上卻是和諧的，只不過沒有被我們發現，這樣的和諧往往更令人驚異。我們決定了對規律特殊的認知，像在一個旅行家的眼裏，他每一步的移動，山峰都會有著不同的輪廓，儘管它的形態只有固定的一個，但它的側面卻是萬變的。即便是把它炸裂了，把它鑽通，也無法盡覽它的全貌。

從我的觀察來看，湖具有的這種情形，原理上也是這樣。這就是平均規律。我們可以用這樣兩條直徑的測量規律，來觀察宇宙中的太陽系，以及人的心靈，我們同樣可以就一個人特有的行爲及生命運動組成的整體，作這樣兩條線的交點，就是他性格裏的巔峰或低谷。或許，我們只需弄清了一個湖岸的走勢和四周的環境，便能夠測出它的深度和那隱藏著的奧秘。要是它有一個環山的四周，有著峭拔的湖岸，直插雲天的山峰，在它的胸懷裏反映出來，它就一定有著同樣的深度。然而如果它具有的湖岸低平庸俗，那說明它也必有膚淺的方面。

在我們的身體上，具有著突現的前額，表示他的思想具有深度，我們的每一個凹口處，也都存在一帶沙洲。也可以說，我們的取捨的思想都是特殊的，每一處凹口，都會成爲我們特定時期的港灣，我們長久地待在裏面，幾乎被永遠禁錮在裏面。這種傾向並不滑稽可笑，它們的形式、大小、走向，都是由湖岸的岬角決定的，這可是由古代地球運動的結果。當暴風雨、潮漲潮落或流水來慢慢地加高了這個沙洲，或者當水位浮現出來，顯示了它隱藏的思想，成爲了一個湖泊，隔離了海洋。當它的思想升到境界的高度之後，它或許將蛻變成一個淡水海、死水海或一片沼澤。

每一個來到了世上的人，我們能不能說，就是一個升上了水面的沙洲？確實，我們多麼可憐，像一些舵手，我們的思想漫無邊際，在無法停靠的海岸線上，最多去和那些小港灣作一些詩意的交往，否則便駛到公共的大港口裏去，駛到科學那枯燥的港口裏去，在那裏，我們把自己拆開，重新細裝，以和世俗合流，沒有任何潮流能讓它們守住自己的獨立。

瓦爾登湖水的來源，除雪雨和蒸汽外，我什麼都沒有發現。儘管要找出這個地點，大概只需要一隻溫度計和一根繩子，因爲在夏天裏有水流入的地方可能是最涼的，而冬天裏這個地方則最暖。一八四六年，有一些人被派到了這兒來挖掘冰塊，一天，他們在工作時把一些冰塊送上岸去，但藏冰商拒不收他們的冰塊，因爲這些冰塊比別的薄多了。掘冰工人發現，有一小塊湖面上的冰要比其他的薄兩三英寸，他們猜測肯定有一個入口在下面。

他們還給我指了另一個地方，他們覺得那兒有一個「漏洞」，湖水從這個洞口裏漏出過，從一座小山底下流了出去，一直流到了附近的草場裏去，他們把我從一塊浮冰上推過去察看。有一個小窟窿在十英尺深處，但是我敢保證，沒有必要去塡塞它，除非將來發現了更大的。有人提議，要是眞存在這樣的大「漏洞」，要是它果眞一直通到草地那兒，便能夠得到證明，只需把一些著色的粉末或木屑從這個洞裏放下去，再把一些篩檢程式放到草地那兒的泉水出口處，那些流走的碎末便會留下來。

在我觀察的時候，厚厚的十六英寸的冰層，在微風裏也會像水波一樣微微波動。我們都已經懂得，並不能把酒精水準儀放到冰上去使用。把一根木棒調上度數，放到冰上去，再在湖岸上放一隻酒精水準儀，對準它來觀察，在距離岸邊有一杆的地方，冰層的最大波動幅度是四分之三英寸，儘管看起來冰層與湖岸像是緊密地連在一起。在湖心裏，大概就會有更大的波動幅度了。誰知道？要是我們有更精密的儀器，那麼地球表面的波動也可以測出來。

我的有三隻腳的水準儀，兩隻腳被放在岸上，另一隻腳被放在冰上，當我從第三隻腳上對準並觀察時，冰上的波動反映在了湖對岸的一棵樹上，它把這些極細微的區別放大成了幾英尺。我開始在冰上鑿洞口，來測量水深。這時候，積雪已覆蓋得很深，它使冰層下沉了幾英寸，大概有三、四英寸深的水，在積雪之下和冰層之上；水馬上順著冰洞口流了進去，彙成了一條潺潺的小溪，直到兩天後水才流完了，周圍的冰被磨得光溜溜的，湖面乾燥起來，儘管主要原因不是因爲這個，但它仍是極重要的原因，因爲流下去的水，抬高並浮起了冰層。

這與在船底鑿一個洞口，讓水流出去是一樣的。而當這些洞又結上了冰，雨水又接著下到冰面上來，倒會有一層新鮮光滑的冰覆在整個湖面上，冰層裏就會出現漂亮的圖案，像黑色的蜂蛛網，它們可以被稱做是「冰球玫瑰」，那是水從四周流到了這個中心上來。有時，冰上淺淺地積了一小泓水時，我看到自己的兩個更疊在一起的影子，一個映在冰上，一個臥在山林的倒影表面。

在寒冷的一月，冰塊仍那樣堅硬，有些精於計算的鄉紳已到這兒來，把冰運回村裏去，爲夏天備下冰凍的冷飲。還在一月裏的時候，便預想了七月的炎熱和口渴，他們的聰明給人很深的印象，甚至讓人覺得悲哀——現在，他穿的還那樣厚實暖和，戴的是皮手套，那許許多多的事情還等著他去準備。在這世界上，他或許對那些他將來可以在另一個世界享受的夏季冷飲還沒有準備。

他把那些堅硬的冰鋸了下來，拆掉了魚的屋頂，用鐵鏈把冰塊拴起來，像捆木料一樣，連同它的寒氣一起用車子運回去，從對它有利的冷空氣裏過去，在冬季的地窖裏被儲藏起來，讓它在那兒待著，一直到酷暑降臨。它們被裝在車上從村子裏過去的時候，遠遠看去，像是一塊凝固了的藍天。這是一些快樂的掘冰人，帶著玩笑和遊戲精神，當我到他們那兒去，便時常請求我到他們的下面去，和他們拉起木鋸，一下一下地把冰鋸開。

一八四六至一八四七年冬天，有一百個北極來的人到了這兒，他們在一天早晨蜂擁而至，並把幾大車笨重的農具帶到這湖濱來，有雪橇、犁頭、播種機、鍘草機、鏟子、鋸子和耙子。他們每個人都還有一把雙叉，這種叉子，在《新英格蘭農業雜誌》或《農事雜誌》上都找不到。我不知道他們到這兒來做什麼，是要在這兒播種冬小麥，或是播種北極來的什麼新品種。因爲沒有看到他們帶了肥料來，我想他們和我一樣，不打算深種，或許認爲土層夠深的，養分是足夠的。

他們對我說，有一位未露面的鄉紳，想讓他的錢翻一倍，聽說他的那筆錢大約已到了五十萬；現在，他爲了讓他的每一塊金元上面再生出一塊金元來，他掠去了，對，是掠去了瓦爾登僅有的外衣，不對，是揭去了它的皮，而且是在這樣的隆冬！他們馬上工作起來，他們在耕、耙、翻、犁，井然有序，他們像是想在這兒造一個模範農場出來；但是，在我想看他們將會撒什麼種子時，我近旁的那群人一下子把那處女地鉤了起來，猛地用力，鉤子一直到了沙地上，或水裏，因爲這片土地非常地柔軟——這兒所有的土地都如此——他們把它放在一輛雪橇上，馬上被運走了，那時候，他們大概是想挖掘泥土裏的泥炭吧。

每天，他們都這樣來來去去，火車刺耳地鳴叫著，像是他們從北極來，又回到了那兒去，他們讓我感覺像一群從北極飛來的惡鳥。有時，瓦爾登這個印第安女子會報復一下，一個走在最後的掘冰工，從一條連著地獄的裂縫裏掉了進去，這個勇猛的人現在只有九分之一的希望活下來，他喪失了所有生命的體溫。幸運的是，他還能躲到我的小屋裏來，他終於肯承認了火爐的品德；有時，犁頭的一顆鋼齒被折斷在堅硬的冰層裏；有時，犁頭被犁溝陷住了，得破了冰才能取出來。

確切地說，是一百個愛爾蘭人在一個北方佬臨時的帶領下，每天從劍橋來到這兒挖掘冰塊。他們把冰塊切成方方整整的一塊塊，那種方法大家都已經熟悉了，不再描述，那些冰塊被放入雪橇，但快速地從湖岸上拖走了，被運到一個冰站，然後再用抓鉤、滑車、鋼繩吊到一個平臺上去，像放置一桶桶麵粉那樣，一塊塊地排列起來，又把它們一層層疊上去，他們像是在壘一個聳入雲霄的塔基。

他們對我說，賣力地工作一天，能夠掘出一千噸冰來，那是從一英畝的面積上挖出來的數量。因爲馬車來來往往的，冰上留下了深深的車輪印和安插支架留下的洞穴，像在土地上那樣，而馬的麥料就放在那些鑿成桶狀的冰穴裏，在露天地裏，他們壘起了高高的冰堆，有三五英尺高，大概六七杆的平方，在冰層之間放上乾草，好把空氣排出去；儘管社會風氣砭人肌骨，但它還是會在冰層裏找到出路，把它列成極大的洞，使一些地方失去支撐，最後完全坍塌下來。

開始的時候，我覺得這像是一個很大的藍色堡壘，瓦爾哈拉神殿，但是，當他們在縫隙裏塞入了乾草，上面結起白霜和冰條來，它又像一個苔蘚滿布的灰白色的古老廢墟，純用藍色的大理石造就的冬神的房屋，像我們在掛曆上看到的圖畫——那樸實的房子，他像是打算和我們一起過完夏天。

他們估計說，將會有百分之二十五的冰無法到達目的地，還會有百分之二十三損耗在車子裏。但是，在這一大堆冰裏，大多數的命運卻不是當初想像的那樣，因爲，它們有的並不是想像中那樣保藏得很好。有些是因爲別的原因，這些冰一直沒有被送往市場。一八四六年至一八四七年壘起來的這一堆冰，其重量大概有一萬噸。它們後來被蓋上草，再用木板封釘起來，第二年七月的時候，被打開取走了一些，剩下的就在太陽上袒露著，直立著度過了一整個夏天，又過了一個冬天，到了一八四九年八月，還有未融化的冰塊。最後，湖又回收了它們的大多數。

瓦爾登湖的冰，像它的湖水一樣，在近處碧綠的，但遠遠望去，卻是美麗的藍色。你不用費什麼神便可以知道，那是來自河上的白冰，那些稍稍帶綠的冰，則來自四分之一英里外的湖上，而這些冰是瓦爾登湖產出來的。有時，一大塊冰從掘冰人的運冰車上掉了下來，像一塊巨大的翡翠躺在村裏的道路上，整整躺了一個星期，把許多過路人引到了這兒來。

我發現，在瓦爾登湖有一個部分會呈現出碧綠的湖水，一旦結了冰，從相同的角度去看，又變成了藍色的。因而，在冬天裏，有時會有一些像湖那樣碧綠的水，盛滿了低窪窪的湖岸，但第二天去看的時候，它們已結成了一些藍冰。或許是光和空氣形成了水和冰的這種藍，越透明就越顯得藍。

冰是一個適於沉思的充滿趣味的題目，那些人告訴我，他們把一些冰塊放在費萊絲湖的冰室裏，已經五年了，但仍然很完好。一桶擱置得太久的水會發臭，而爲什麼它們結成了冰以後，卻能把新鮮甜美在房屋裏保持下來？人們普遍認爲，這也正是情感和理智之間的差異。

在接下來的十六天裏，從我的窗戶看出去，可以看到一百個人在湖上奔忙，像農夫的勞作，這兒一小群、那兒一小群。他們趕來了牲口，帶著所有的農具，像我們在掛曆首頁上看到的圖畫。每次我站在窗戶往外望，便會想起雲雀和收割者之間的故事，或是一個關於播種者的比喻，還有很多。現在，他們都已離開了，差不多三十天又過去了，我又可以從這個窗戶眺望瓦爾登的湖水，它綠得那樣純粹，白雲和樹木把影子投在它懷裏，它蒸發後靜靜地升到了天上去，沒有留下絲毫人在上面站立過的痕跡。也許，又會有一隻潛水鳥鑽到水裏去，梳理它的羽毛，我又可以聽到這種聲音和它的高聲嘩笑了。也許會有一個漁人獨坐在一條小船上，我將看到他和他的映在水裏的合影，然而，剛剛過去的不久前，卻有一百多個人站在這兒安全地工作過。

緊接著，那些汗流浹背的查爾斯頓、新奧爾良、馬德拉斯、孟買和加爾各答的居民，似乎馬上就會到來，飲用我的井水。在黎明裏，我的心思完全遊刃在《對話錄》偉大的宇宙哲學裏，自從完成了這部史詩，不知又流逝了多少神靈的時光。在它面前，我們整個的近代世界及其文學都顯得微不足道。我疑慮著，這是否是一種超越了遠古的存在狀態的哲學，它的崇高，遠遠在我們的思想不能企及的高處！

我放下書本，到我的井邊飲水去。快看哪，我在那兒遇見了婆羅門教的僕人，而梵天、毗瑟奴和因陀羅的神士，仍在他那恒河上的廟宇中坐著，誦他們的吠陀經，也許他們在一棵樹根上安下身來，只帶了一小點麵包屑和一隻水缽。他們的僕人到這兒來爲他們取水，在這個水井裏，我們的桶彷彿撞在了一起。純淨的瓦爾登湖水與恒河的聖水混在了一起。在柔風裏，瓦爾登的湖水從傳說中的阿德蘭涕斯和凱斯佩尼底斯島嶼旁流過，從花諾、特格南德、悌那勒流過，一直到了波斯灣的入口，湧入印度洋的暖風裏，抵達那些連亞歷山大大帝也無法到達的港灣。

北格田莊

有時候，我到茂密的松林裏去散步，覺得它們像廟宇，高高聳立著，或像艦隊，配齊了裝備；樹枝晃動著，像起伏的波浪，還像水波那樣閃動著耀眼的光，就是巫師德羅依特見到了如此蒼翠軟的綠陰，也會忍不住離開他的橡樹林，跑到這兒來仰拜。有時我到佛靈聖湖邊去，那裏有著高大的杉樹林，一些灰白色的漿果結在高高的樹枝上，這些樹越長越高，它們簡直有資格移到伐爾卡拉去。地上則蔓延著杜松的藤，這些盤繞錯雜的藤上，結著累累的果實。

有時，我還到沼澤地帶去，從雲杉樹下垂下來的松蘿地衣像是彩帶，地上長著的菌類，是沼澤神明擺著的圓桌，樹根上裝飾著更漂亮的香菇，像蝴蝶或貝殼停在那兒；在那裏，還長著水紅色的石竹和山茱萸；楷樹的果子紅得閃光，像精靈的眼睛，連最堅硬的樹上，也留下了蠟蜂爬上去時留下的深深的槽，使它們遭到破壞；美麗的野冬青的漿果，更是讓人不捨得離開；還有那些叫不出名字的數不清的果子，讓人眼花繚亂，太美了，他們應該是禁果，不應該是供人品嘗的。

我沒有去拜訪哪一位學者，我去拜訪那一棵一棵的樹，我拜訪那些珍稀的——即便在這兒也是少見的——樹木，它們有的在牧場中間，遠遠地挺拔地站著，有的在森林或沼澤的深處，有的長在小山頂上；比如，我就看到過很好的黑樺樹，它有著兩英尺的直徑，可以做同類樹木的標本；還有黃樺樹，是黑樺的親戚，它穿著寬大的金衣，像我說過的那樣散發著香味；還有山毛櫸，它有著乾淨的樹身，上面有著美麗的色彩，像是繪上去的苔蘚之色。

到處都存在著美呵，除了一些散在不同地方的樹木外，在鄉鎮的這一片上，我知道的只有這樣一個小小的山毛櫸樹林，聽說那是一群鴿子受到了附近的山毛櫸果實的誘惑而撒下的種子。現在它們的樹身已經非常粗了，把它們劈開來，就會有閃發光的銀色的小顆粒，眞是很有鑒賞價值；還有椴樹、角樹、假榆樹，學名被稱做**Celtis occidentalis**，可惜只有一棵長得很好；還有很高的松樹，可以做成直直的桅杆，也有可以做椽子用的，還有我們美麗的鐵杉，它在森林裏像一座塔一樣聳立著，比普通的松樹漂亮多了；還有，我說得出來的很多別的樹，這就是夏天和冬天裏，拜訪了的神廟。

有一次，眞是太巧了，我就站在一座彩虹橋墩上，這條彩虹被低低地罩在大氣層的最下面，附近的草葉都被染成了彩色的，讓我看得目眩起來，像是在看一個彩色的水晶球。這裏的一切立刻鋪滿了虹光，像是形成一片彩色的湖沼，我一下子就像一隻生活在中間的海豚，要是它停留得更長一些，我的生命與事業裏就有可能永遠地浸染上了這色彩。有時我行走在鐵路的路堤上，會驚奇地看到一個光環在我影子周圍，我便免不了以爲自己也是上帝的一個選民。

一個來拜訪我的人告訴我，走在他前面的那些愛爾蘭人的影子，並不帶著這種光環，只有土生土長的人，才有這種特殊的標誌。班文紐托·切利尼在回憶錄中講道，他在聖安琪羅城堡中被禁閉的時候，當他做了一個噩夢或產生了一個幻覺之後，就會看到在他的影子上部有一個亮亮的光，罩在上面，而不管是在法蘭西、義大利、也不管黃昏或是黎明，特別是露珠沾在草上的時候，那個光圈就更明顯。

這和我說過的可能是同一種現象，在早晨最明顯，而在別的時光，就是月亮照著的時候也看得到。這事雖然常常發生，卻沒有注意，對於善於想像的人，比如切利尼，這就足夠成爲迷信的依據。他還說，只有少數的人，他才會指給他們看，可是眞的知道了自己有著這種光環，他就會是不平凡的人嗎？

一天下午，我從樹林裏穿過去，到美港去釣魚，想要補充我的蔬菜裏缺乏的營養。我經過了緊挨著北格田莊的快活草地，這塊幽靜的地方，曾經有個詩人歌唱過它，他的開頭這樣唱道：

一開始便是快樂的田野，
一些長滿苔蘚的在那裏生長，
中間湧動著一條紅色的溪水，
麝鼠從水邊一閃而過，
還有銀色的鱒魚
游來游去。

在我還沒有去瓦爾登湖居住的時候，我曾想過要到那裏生活。我曾到那裏去

「釣」蘋果，從那條小溪上跳過去，嚇唬過麝鼠和鱒魚。在那些漫長的下午，似乎可以有許多事情發生。一天，我想起我的更多的時間，應該用來在大自然中生活，在我決定出發的時候，這個下午已經過去一半了。我還在路上，雨就下了下來，我只能站在一棵松樹下，在頭頂上面搭了一些松樹枝，又把手帕頂在頭上。

躲了半個小時，後來我乾脆下到齊腰深的水中，把魚鉤和魚線從鮫魚草上放下去。我突然發現一塊烏雲已把我罩在了下面，接著傳來沉重的雷聲，除了遵照老天的，我沒有別的辦法。我想著，天上的神仙們眞是神氣，他們打擊我這個沒有任何武器的可憐的漁人，就動用那些叉子似的閃電，我快速地向一間茅屋奔去避雨，無論從哪一條路到那兒都有半英里，還是湖離它要近一些，那裏已經很久沒有人居住過了：

這是詩人建造的房子，
在他遲暮的晚年，望著這小小的房子，
它也是會倒塌的房子。

女神繆斯已經預言，可是我卻看到一個愛爾蘭人名叫約翰．斐爾德，現在還在那兒住著。那兒還住著他的妻子和幾個孩子，最大的那個孩子，長著一張寬臉龐，他已經能幫父親幹活了，這時候他是從沼澤地裏跑回來避雨的。最小的孩子還是個嬰兒，臉上的皺紋還沒有舒展開，長著一個尖腦袋，看上去像個先知。他坐在父親的膝蓋上，像坐在豪華的宮廷裏，好奇地望著來到這個到處漏水又充滿饑餓的家裏的陌生人。而他卻不知道，他就是末代的貴族，全世界都在關注著他，他就是希望，而不是約翰．斐爾德可憐的、饑餓的兒子。

我們坐在屋子裏不漏水的地方，大雨伴著驚雷在外面滾動著，這地方我以前不知坐過多少次了。那時候，他們一家還沒有漂洋過海到美國來，把他們運來的那條船也還沒有造好。很明顯，約翰．斐爾德是一個老實人，勤勞卻沒有什麼能力，他的妻子卻是一個很韌性的人，她不停歇地站在高大的爐子邊做飯。她有著圓圓的臉，看上去油膩膩的，露著胸，她仍然夢想總有一天會過上好日子，她的手裏一直拿著一把拖把，可卻沒有見過在哪兒用過。

屋子裏也有著進來躲雨的山雞，它們學著人的樣子，大搖大擺地走來走去。它們太像人了，我想就是把它們烤來吃也是不會香的。它們停下來，望著我的眼睛，故意來啄我的鞋子。我知道了約翰的經歷，他在沼澤地上爲附近的農民們幹活，用鏟子或專門用挖沼澤地的一種鋤頭，艱難地翻一塊草地，翻完一英畝只能得到十元的報酬，和可以利用一年的土地和肥料。他的大兒子，個子矮小、寬臉龐的那個，在他父親身邊快樂地勞動，他並不知道他的父親接下的交易是多麼糟糕。

我想幫助他，對他的父親講了我的經驗，我告訴他我是他的鄰居，到這兒來釣魚，雖然我看起來像一個流浪人，但我也是一個靠勞動養活自己的人，與他是一樣的。我還告訴他，我住的地方是一小間整潔明亮的房子，建造它的費用卻不比他這破房子一年的租金高，只要他願意，只需一兩個月的時間，他也能建造一座自己的宮殿；我平時不喝茶，也不喝咖啡、不喝牛奶，我的食物裏也沒有牛油、鮮肉這些東西，因此我不必爲換取它們而拼命工作，因爲我不必去完成那麼多的工作，因此我吃得很少，只需一小筆生活費；而他卻要爲換取他的茶、咖啡、牛奶、牛油和鮮肉而拼命工作，這樣一來，他就需要吃很多食物，把消耗掉的體力補回來——結果就是需要越來越多的花銷。

隨著日子一天天過去，開銷之大就比日子還長，因爲他永遠也不會滿足，一生就會被這樣消耗掉；可是，他卻認爲能到美國來是一件好事情，這裏可以每天都吃到茶、咖啡和肉食。可是眞正的美國只有一個，它應該是這樣一個國家，你可以選擇自己自由的生活方式，就是沒有這些食物也可以快樂地生活，你支不支持奴隸制度，都沒有人來強迫你，也沒有誰需要你去供養一場戰爭，不需要爲這一類事情交額外的費用。

我故意對他這樣說，把他看成一個哲學家，或想成爲哲學家的人，如果人類已經警醒並且懺悔，讓這片草地一直荒蕪下去，我會很高興。人們用不著去歷史書裏解讀什麼，才明白什麼東西對自己的文化最有益。可是啊，一個愛爾蘭人的觀念，卻像是一把開墾沼澤地的鋤頭，他的文化就是用這樣的觀念開發出來的事業。我對他說，這樣艱苦地在沼澤地裏幹活，就得有耐磨的鞋子和衣服，而我花費的價錢還用不了他的一半。和他比起來，我卻顯得體面大方，像一個紳士（其實並不如此）。

如果我有興趣的話，我可以像玩耍一樣，用一兩個小時的時間，不費任何力氣地釣到很多魚，它們足夠我吃一兩天，或者賺夠我花一星期的錢。要是他們能像我一樣去過簡樸的生活，在夏天裏，他們全都可以去快樂地撿拾越橘。

聽了這些，約翰歎了一口氣，他的妻子兩隻手叉在腰上，看著我，他們像是在計算著他們的錢，夠不夠過這樣的生活，或者想著他們學到的算術，能不能把這種生活計算著過下去。他們也不清楚，這樣光靠推算和測量的生活，會不會到達他們的理想彼岸。我猜想，他們仍然去按他們原來的方式勇敢地生活，與命運奮力抗爭，可是他們卻沒有一枚鋒利而有用的楔子，釘入生活的大柱，把它徹底裂開，然後精雕細刻——他們只能想到要去努力地對付生活，像人們對付長刺的薊一樣。可是他們面臨的形勢，對他們來說又有多糟糕——唉，約翰·斐爾德，沒有算術的生活，你是多麼失敗。

「你有沒有釣過魚？」我問他。

「啊，有啊，在我休息的時候，有時也去湖邊釣魚，還釣到過很好的鱸魚。」

「你的誘餌是什麼？」

「我用魚蟲來釣銀魚，再把銀魚作爲誘餌去釣鱸魚。」

「哦，約翰，現在你可以去了。」他的妻子興奮地說，滿懷著希望，可約翰卻遲疑著。

陣雨已經過去了，一道彩虹掛在東邊的樹林上，一定會有一個美麗的黃昏，我起身告辭。來到門外，我跟他們討一杯水喝，想看看他們的水井，完成我的調查。但是，這口井是多麼地淺，裏面淨是些沙子，繩子已經斷了，一隻桶破得已經不能再修。這時候，他們從廚房裏拿來了一隻杯子，水像是煮開過了，遲疑了好多次，再三拖延，才遲遲把杯子送給口渴的人，水還沒有涼下來，並且混濁不堪。我想，就是這樣的髒水在支持著這裏的幾條生命。我悄悄地把灰塵晃到一邊，一閉眼把它喝了下去，爲他們的眞誠好客乾杯。遇到這種情況的時候，我並不苛求禮節方面的問題。

雨停了，我離開了愛爾蘭人的房子，來到湖邊，從草地上的水裏渡過去，經過小水坑和沼澤上的窟窿，從那些荒涼的野地裏走過去。這時候的一段時間裏，我一下子覺得，我這樣一個讀過中學、大學的人，卻一心只想捕捉梭魚，也太猥瑣了。

可是，我從山上下來，西邊的天空中鋪滿著霞光，我向著它跑去，身上披著一道彩虹，澄淨的空氣裏傳來低低的鈴聲，它傳進我的耳朵，我又像是聽到了我的守護神，在我不知道的地方和方向對我說話——每天都要走得遠遠地去捕魚——越遠越好，你到的地越寬廣越好——那些溪水邊和無數人家的火爐旁，就是你歇息的地方，用不著去擔心。

你要記住自己青年時代的創造力。你要在黎明到來之前快樂地起床，出發去探險。你要讓正午看到你在另一個湖邊。黑夜到來了，就四處爲家，沒有一個地方的土地會比這兒更廣闊，也沒有任何活動會比這樣做更有意義。由著你的靈性去野性地生活，與蘆葦和羊齒類一樣，它們是永遠也不會成爲英吉利乾草的。天上的雷要滾動，就讓它去滾動好了，它們對稼穡沒有好處，那又怎麼樣呢？這不要傳來給你的信號，別人在車子底下、房子下面躲避，你可以在雲朵底下躲避。不要依靠技藝來養活你自己，應該在戲耍中生活下去，讓自己盡情地去欣賞大地，但不能有佔有它的想法。人們沒有更高的目標，生活缺乏自信，便像奴隸一樣活著。

閃爍的陽光
是大地上最輝煌富麗的風景……
柵欄豎起在牧場周圍
誰還會跑出去快樂
你從沒有過爭論
也沒有疑問來困惑你
第一次看見你，你就這樣溫順
穿著普通的衣裳，褐色的斜紋布……

到來的是所愛的人
厭惡的人也來喲
聖鴿之子
還有州裏的戈艾．福克斯
將陰謀，吊在牢靠的樹枝上

到了夜裏，人們總是習慣地從不遠的田地或街上回家去，在他們家裏迴響著的卻只是平凡的聲音。無盡的憂愁消磨了他們的生命，因爲他們呼出的空氣，又反復地被自己吸回去。無論在早晨還是傍晚，他們的腳步每天都不會比他們的影子走得更遠。每天，我們應該帶著新的經驗和性格回到家中來，它們應該從遠方帶來，從奇遇、危險和每天的新發現中帶來。

我到達湖邊時，約翰．斐爾德已經先到達了湖邊，他在新的衝動下，改變了想法，在今天太陽落山以前，不再去幹那沼澤地的活了。可是，這個可憐人卻只釣到了一兩條魚，而我釣到了長長的一大串，他說這是他的命運。但是，我後來與他換了位置，命運也被轉變了過來。可憐的約翰．斐爾德，我想他也不會來讀這段話，除非他能從這裏得到進步——他在這野性的新土地上，仍然用原始的方法來生活——用銀魚來釣鱸魚。

有時我也同意，這是好的誘餌。地平線完全是他的，但他仍然是一個窮人。他天生的貧困，生來就帶著他那愛爾蘭的窮困或窮困的生活，他還繼承了從亞當的老祖母那兒傳下來的、與泥水打交道的生活方式。他和他的後代都不會在這個世界上得到提高，除非他們深陷在泥濘中的腳，那雙長出了蹼的腳，穿上了長翅膀的飛鞋。

村莊

上午，在鋤完地之後，有時候我也讀讀書，或寫點東西，通常再到湖裏去洗個澡，游過一個小灣，洗去勞動時留下的塵埃，或剛才讀書時留下的還沒有消除的皺紋，下午就很自由了。每天或隔一天，我散著步走到村裏去，聽他們講那些永遠也不會完結的閒扯。有的是從另外的人或再另外的一些人那裏聽來的，有些是從相互轉載的報紙上得來的，如果像順勢療法一樣小劑量地接受它們，那也會覺得蠻有趣的，像樹葉沙沙作響或青蛙呱呱地吵鬧。

與我在林中時喜歡去看男人們和孩子，在這裏，松濤和風聲遠了，轔轔的車子和馬的聲音卻塞滿了耳朵。在我的房子那兒，順著一個角度望出去，有一群麝鼠聚居在河邊的草地上，而在另一邊能看到的地方，有一個村子在榆樹和懸木鈴底下，裏面住滿了忙碌的人，我產生了好奇，他們像是奔走在大草原上的狗，不守在自己的家門口，卻走到鄰居家裏去閒談。我時常到村子裏去觀看他們的習慣。

在我眼裏，村子就像一個大的新聞彙編室，像是有一個政務大街的雷丁出版公司的模式在一邊支援著它，他們出售新聞，出售堅果、葡萄乾、鹽、玉米麵和其他雜貨。一些人對前一種商品——也就是新聞，有著很大的胃口和消化能力，他們能一直那樣坐在街邊，保持著一個姿勢，那些新聞像四季風，沸騰著私語著，從他們的耳朵邊吹過，或者，他們像是吸入某種乙醚，產生了局部麻醉作用，意識是清醒的，痛苦的感覺卻麻木了，不然的話，有些新聞聽了只會使人痛苦。

每次我漫步走過村子時，那些寶貝們沒有一次不坐在石階上，他們一排一排地坐著，曬著太陽，身子稍稍向前傾著，他們的眼睛裏含著淫欲的光，瞟來瞟去。或者他們斜倚在一個穀倉上，把雙手插在褲兜裏，像一根支柱在支撐著穀倉。因爲他們在露天地裏，隨著風吹來的任何消息，都能吹進他們露天的耳朵。這是最粗糙的磨坊，任何流言蜚語他們都第一次碾過，然後才被送入屋裏更精細的漏斗中去。

在村子裏，我觀察到最有活力地方是雜貨店、酒吧、郵局和銀行，像一台機器一樣，它還有一面鏡、一門大炮、一輛消防車。這些零件都被放在該放的地方，房子建成面對面的形式，一排排形成街道，迎合著人們的特性，而那些到來的旅行者卻必須接受兩邊人家的鞭打，男人、女人、老人或孩子都有可能給他一頓鞭子，那些位置在巷子頂頭上的人，最先看見他，也最先被看見，他們最先動手攔擊他，他也將爲此而付出最昂貴的地租。

少數散居在村外的人，旅行者到他們那兒還有很長一段距離，旅行者可以從他們的牆上跳過去，或繞小路逃走，當然只需付一點國稅或地稅。到處掛著誘惑人的牌子，他被食品店和酒館抓住胃口，被乾貨店和珠寶店迷惑了視覺，被理髮店抓住了頭髮，被鞋店拽住了腳，被服裝店拽住了衣角。還有更危險的，有不少人要挨家挨戶地訪問，一般情況下，我都能巧妙地躲過這些危險，或者馬上向前走去，目不斜視，沒有遲疑直奔我的目的地，那些遭受雙邊攔擊的人，太應該像我這樣了，或者去專心思考那些崇高的事情，像俄耳甫斯「彈著七弦琴，唱著讚頌諸神的詩歌，女妖的歌聲也被壓了下去，他因此沒有遇到災難」。

有時，我很快地消失，像一道閃電，因爲我不去刻板地拘泥於禮節，如果我看見柵欄上有了缺口，我不會站在那兒遲疑不決，甚至，我已經習慣了逕直走到別人的家裏去，像一個闖入者，在那裏我卻得到了熱情地款待。他們告訴我，剛剛發生了的事情，我知道了戰爭與和平的動態，友好的世界格局還能維持多長時間。在吸取了最後一些有用的新聞之後，我便從後面的一些小路上溜了出來，隱沒到了樹林裏去。

有時，我從城裏回到黑夜之中來，已經很晚了，我感到異常愉悅，尤其是在那些漆黑的夜晚，風暴大作，我扛著一袋黑麥麵或印第安玉米麵，從別人家裏或聚會廳回來，像一隻小船，駛入林中那寧靜舒適的海港，所有外在的東西都是安全的，用不著操心，它們愉快地思考著回到甲板下面，只有我的身軀還在把著舵，如果遇上寧靜的航道，我乾脆把舵用繩子綁死了，由它航行。

我在航行的時候，在船艙中烤著爐火，產生了無數啓迪式的思想，無論什麼天氣都不會影響我，我不會因此而憂鬱或傷感，儘管我也遭遇過一些兇惡的風暴，即使是在最普通的夜裏，黑暗在森林裏也比你們想像的更黑。那些最黑的夜裏，我一面走，一面從樹葉的間隙裏看著天空，只能這樣認路，到了一些沒有車路的地方，只能用腳探著走我走出來過的路，或者，我的手摸到了幾棵熟悉的樹，才能分辨著方向向前走近一段。比如，在兩棵松樹中間摸索，它們各棵之間不過相距十八英寸，轉來轉去還在森林中央。

有一次，我在漆黑而潮濕的夜晚回家，天很晚了，我用腳摸索著走路，眼睛卻看不到，一路上都是心不在焉的，像是做夢，突然，我發現自己必須伸手開門了，才一下子清醒過來。我無法記起自己是怎樣走回來的，我想在我的思想離開了身體之後，它還是能找到自己的歸宿的，正如在不需要任何幫助時，手也是可以摸到嘴一樣。

有幾次，有一個客人來訪，他待到了深夜，湊巧的是夜又黑得出奇。我不得不從屋後把他送到車路上去，並指給他該走的方向，勸他別寄希望於他的眼睛，而要靠著他的兩條腿探索著走回去。一天夜裏，非常黑暗，有兩個年輕人到湖邊來釣魚，他們住在離森林一英里外的地方，也算是路熟的人了，我就像這樣給他們指點了回去的路。過了一兩天，其中的一個對我說，他們在自己家的附近轉了大半夜，被淋了幾場大雨，連樹葉都像剛從水裏撈出來的，他們連皮膚都濕了，直到天亮才回到家。

我聽說有些人去街上轉轉，都會轉迷了路，那是在最濃厚的黑暗裏，像古人說的那樣，那種黑，可以用刀子一片一片刮下來。有些住在郊外的人，趕著馬車到村子裏來買東西，也不得不留下來過夜。還有一些先生太太們，外出訪客，不過離開了大路半英里，卻不得不用腳去小心地探尋人行道，連要在哪兒拐彎都迷糊了，無論什麼時候，迷路在森林裏都是驚險的，並且值得紀念，這是一種寶貴的經歷。

暴風雨的時候，即使是大白天，在一條走慣了的路上，也會迷了路，分不清要從哪裡回到村莊裏去。儘管他在這條路上已經走了上千次，但是就像在一條西伯利亞的路上，陌生得什麼都認不出來。要是碰上了黑夜，那就更糟糕了。平常在散步的時候，我們常常在不經意中像導航人一樣，憑藉著燈塔或海角去航行，要是我們航行在一條陌生的路上，也會去努力搜索有關附近的燈塔或海角的印象，除非已徹底迷失了方向，或轉了一次身子，你閉著眼睛在森林裏轉一次身子，就會迷失了方向——那時，我們才會認識大自然的奇異與浩瀚。無論已經睡去，還是思想開了小差，在清醒以後，要常去看看指南針的方向。等到我們迷失了方向，或者說被世界拋棄了之後，才會想起了自己，明白了這種處境，才去認識聯繫著我們的無盡的世界。

在我第一年的夏天快要過完的時候，一天下午，我到村子裏去，到鞋匠那兒拿我的一隻鞋子，我被逮捕了，被關進了監獄，因爲像我在另一篇文章中所說的那樣，我拒絕納稅，甚至否認國家權力。男人、女人和小孩在議會門口，被這個國家當牲口一樣交易。本來我是因爲別的原因進入森林裏的，但一個人無論走到哪兒去，人世間腐敗的機構總會跟著他，並抓住他。如果辦得到，就會強制他回到他原來的那個共濟式的社會裏去。本來，我的確可以抗拒一下，強硬的可能會多少有一些效果，本來，我可以極端地反對這個社會，可我寧願讓這個社會來極端地對付我，因爲它才是絕望的一方。

可是，第二天我被放了出來，拿到那隻已經補好了的鞋子，我回到林中，正好可以到美港山上飽餐一頓越橘。除了這個政府的某些代表人物外，我沒受到其他任何騷擾。我沒有鎖門，除了裝著稿件的桌子外，我什麼都沒鎖，也沒有一枚釘子用在我的窗子上。就是在我出門好多天，也不鎖門，讓它日夜開著，就在那一年的秋天，我到了緬因林中，在那兒居住了半個月，也沒有鎖門，但是我的房屋得到了尊重，比四周有軍隊保護著的得到的還要多。

在我的火爐邊，那些遊玩的人在那兒休息，暖和他們疲倦的身體。放在我桌子上的幾本書，文學愛好者們可以拿起來翻翻，還有那些好奇的遊客，他們打開我的櫥櫃，看看我還吃剩些什麼，還要看看我的晚餐是些什麼，雖然有很多人到這兒來，各個階層的都有，但卻沒有給我帶來什麼不便，我也沒丟失什麼，只是不見了一部荷馬卷。那只是一本小小的書，可能是那封面上的鍍金壞了事，我猜是一個士兵帶走了它。

我堅信，要是人人都過著像我這樣的簡樸生活，就不會有人去偷竊和搶劫。這些都是因爲有些人的所得，遠遠超過了他的需要，而有些人的所得，又與他的需要差得太遠。蒲伯翻譯的荷馬的詩句，應該得以流傳。

人們將不再去打仗
如果我們只用山毛櫸做的碗盞吃飯

春之卷

S p r i n g

瓦爾登湖畔的沉思

簡單生活

一八四五年三月底，我提著一柄借來的斧頭，到了瓦爾登湖邊的森林裏，走到我準備蓋房子的地點附近，就開始砍伐一些箭矢一樣高聳入雲的白松——它們有的還很小——來做我的木材。剛開始時如果不東挪西借是很艱難的，但還有一個惟一的辦法，那就是讓你的朋友們對你的事業感興趣。斧頭的主人在借給我這柄斧頭的時候，說它是他的寶貝；可我歸還他的時候，斧頭卻更鋒利了。我幹活的地方是一個風景宜人的小山坡，到處都是松樹，穿過松林就到了湖邊，我看見林中一塊小小的空地，四周是小松樹和山核桃樹。湖面上的冰還沒有完全融化，只化了幾處地方，黝黑的一片，而且滲出湖水。

在我幹活的時候，還飄過幾陣小雪；但當我從林中走向鐵路，往家裏趕的途中，路上的大部分地方，黃沙鋪天蓋地，閃爍在灰濛濛的天空中；鐵軌也在春天的陽光下發出亮光。我聽到雲雀、天鵝和別的鳥雀的叫聲了，它們也來和我們一起歡度新的一年。這是一個愉快的春天，令人討厭的冬天已經像地上的冰塊一起消融殆盡，蟄伏了一個冬天的生命開始舒展。

有一天，我的斧柄脫落了，我用一段山核桃木製成一個楔子，用一塊石頭敲緊了它，就把斧頭泡在湖水中，以使木楔子漲大一些。這時，我看到一條赤練蛇自如地竄入水中，安詳地躺在湖底，竟和我在湖邊一樣，待了很長一段時間；它也許還沒有從蟄伏的狀態中完全蘇醒過來。在我看來，人類之所以還停留在目前的原始而低級的狀態中，也是還沒有完全蘇醒。但一旦人類被春天喚醒，就一定能上升到更高級的生命狀態。我曾經在降霜的清晨在路上看到過蛇，它們被凍僵在那裏，等待著太陽出來把它們喚醒。

四月一日下起了雨，冰已經融化了，大半個早晨都霧濛濛的，我聽到一隻迷途的孤鵝的哀鳴在湖上迴蕩，彷佛霧的精靈。

一連幾天，我用那一把很小的斧頭，在湖邊砍削木料、門柱和椽木，沒有什麼學究式的思想，也沒有什麼需要告訴別人，只是一個人在不斷地唱著——

人們自以爲懂得很多，
看吧，他們生了翅膀——
藝術啊，還有科學，
以及太多的技巧；
其實只有風，
才是他們的。

我把主要的木材砍成六英寸大小，間柱只砍兩側，椽木和地板只砍一邊，其餘的幾邊留著樹皮，所以它們和鋸子鋸出來的一樣挺直，而且更加結實。每根木頭都打了榫，在頂上劈出榫頭，這時我又借到了一些工具。林中的白天非常短暫，我常常把帶去的牛油麵包當做午餐來吃，正午時順便讀一讀包紮它們的報紙上的新聞，坐在砍伐下來的青松枝上，因爲我手上一層厚厚的樹脂，它們的芳香進入了麵包裏。

在我結束建築房屋以前，松樹成了我的密友，儘管我砍伐了它們中的幾枝，卻和它們越來越親近、越來越密切了。有時，林中的其他人被斧聲吸引了過來，我們就愉快地面對著碎木片聊天。

我幹得一點也不緊張，只是盡力去做而已。四月中，我的屋架已經完工，可以立起來了。我已經買下了在菲茨堡鐵路上工作的愛爾蘭人詹姆斯·柯林斯的棚屋，打算用棚屋的木料作爲地板。詹姆斯·柯林斯的棚屋被認爲是不平凡的好建築，我去找他時他正好不在家。我在外面走動，開始沒有注意裏面，那窗子很高；屋很小，有一個三角形的屋頂，別的沒有什麼可看的，四周堆著五英尺高的垃圾，像是一堆肥料。屋頂是最完整的部分，雖然被太陽曬得已經扭曲、易碎；沒有門框，門板下是一個常年雞群走動的過道。

柯林斯夫人來到門口，讓我到屋裏去看看。我一進去，母雞也被我趕進去了。屋子裏光線很暗，大部分地板骯髒、潮濕、發黏、鬆動，只有不多的幾塊一搬就裂的木板。她點亮了一盞燈，讓我看屋頂的裏面和牆壁，以及一直延伸到床下的地板，但勸我最好不要到地窖中去，那不過是兩英尺深的垃圾坑。她說：「屋頂和四周都是好木板，還有一扇好窗戶。」窗戶原來是兩個方框，現在成了貓的過道。

一隻火爐，一張床，一個坐的地方，一個出生在那裏的嬰孩，一把絲質的遮陽傘，以及一面鍍金的鏡子，一隻釘牢在一塊幼橡木上的新咖啡磨，這就是全部了。

我們的交易當下就談妥，因爲這時候詹姆斯也回來了。當天晚上，我付給他四元兩角五分，明天早晨五點他就搬家，不變賣任何東西；六點鐘，那個棚屋就歸我了。他說，最好儘快搬來，在別人還來不及在地租和燃料上提出某種數目不定、但完全不合理的要求時就搬來。他說這是惟一的額外開支。六點鐘，我在路上遇到他們全家。全部家產都在一個大包裹內——床、咖啡磨、鏡子、母雞……，沒有帶貓，它跑到樹林裏，成爲了一隻野貓，後來它觸上了一隻捕捉土撥鼠的鐵夾子，死了。

同一天早上，我把棚屋拆了，拔下釘子，用手推車把木板運到湖邊，放在草地上，讓太陽把它們曬乾並恢復原來的形狀。一隻早起的畫眉在我推著手推車經過林中小徑時，送來了幾聲音樂。年輕人派翠克卻惡意地告訴我，一個叫做雪萊的愛爾蘭鄰居，在裝車的間隙，把還可以用的騎馬釘和大釘放進了自己的口袋。等我重新回到那個小木屋，滿足地看著那一堆廢墟的時候，愛爾蘭鄰居還站在那兒，已經沒

樂讓給木匠師傅？

在多數人的經驗中，建築算得了什麼呢？在我所有的散步中，還絕對沒有遇到過一個正建造著自己的房子這樣簡單而自然的工作的人。我們是屬於群體的。不單裁縫，傳教士、商人、農民也如此。這種分工要到什麼程度？最後結果如何？毫無疑問，別人也可以替我們思想；但如果別人這麼做是在抹殺自己的思想，這就不是我們希望的了。

入冬前，我造好了煙囪，在房子的側面釘上一些薄片，因爲那裏擋不住雨了，那些薄片是從木頭上劈下來的，不太完整但很新，我不得不用鉋子刨平它們。

這樣，我就擁有了一間密不通風的釘著木片、抹著泥灰的房子了，十五英尺長，十英尺寬，高八英尺，包括一個閣樓、一個小間；四邊各有一扇大窗，兩扇小活板門，一扇大門，大門對面是一個磚砌的火爐。房子的開支，只是我所用的這些材料的一般價格，沒有列入人工費，因爲都是我自己動手的，總數如下：我記得很詳細，因爲很少有人能精確說出他們的房子究竟花了多少錢，而能夠把蓋房子所花的各式各樣的材料費及其他開支算清楚的人，就更加少了——

木板……八・〇三五美元（大多是舊木板）

用作屋頂和牆板的舊木片……四美元

板條……一・二五美元

兩扇舊窗和玻璃……二・四三美元

一〇〇〇塊舊磚……四美元

兩箱石灰……二・四美元——買貴了

頭髮……〇・三一美元——買多了

壁爐鐵片……〇・一五美元

釘子……三・九美元

鉸鏈、螺絲釘……〇・一四美元

門閂……〇・一美元

粉筆……〇・〇一美元

搬運費……一・四美元——大多自己完成

合計……二十八・一二五美元

所有材料都記在上面了，除了木料、石頭和沙，這些材料是在公地上占地蓋房的人應該享受的。我還另外搭了一個側屋，大都是用造房子剩下來的材料蓋的。

只要能夠像現在這間房子一樣使我感到高興，而且花費也不太多的話，我還想再蓋一座，其壯觀和華麗，都要超過康科特大街上任何一座房子。

房子蓋好之前，我就想通過一種老實又愉快的方式賺點錢，作爲額外的補貼。我在房子四周兩英畝半的沙地上種了蠶豆，以及少量的馬鈴薯、玉米、豌豆和蘿蔔。我共占了十一英畝地，四周長滿了松樹和山核桃樹，上個季度的地價是每英畝八・〇八元。一個農民說，這塊地「沒有任何開發價值，只能養一些嘰嘰叫的松鼠」。我沒有在這片地上施肥，我不是它的主人，不過是一個居住在沒有主人的土地上的人，我不想種那麼多的地，就沒有把全部的地都鋤好。

鋤地時，我挖出了一大堆樹根，夠我燒很久了，這就留下了幾小圈沒有耕作過的土地，蠶豆在夏天長得茂盛的時候，是很容易區別的。房子後面那些賣不掉的枯死的樹木和湖上漂來的木頭，也爲我提供了一部分燃料。我不得不雇一匹犁地的馬和一個短工，但完全由我親自掌犁。我的農場支出，第一季度的工具、種子和工資的費用合計十四．七二五美元。玉米種是別人送的。種子花不了多少錢，除非你種得比需要量多。最後，我收穫蠶豆十二蒲式耳，馬鈴薯十八蒲式耳，以及少量的豌豆和玉米。黃玉米和蘿蔔種晚了，沒有收成。農場的收入如下：

二十三．四四美元

減去開支十四．七二五美元

結餘八．七一五美元

除了消費掉的和手頭還存著的一些產品，估計約值四．五美元——儲存的已超出了我自己不能生產的蔬菜的需求。從全面考慮，也就是說，考慮到人的靈魂和時間的重要性，儘管我的這個實驗用去了很短的一些時間，不，一部分也因爲它的時間很短，我更加確信我今年的收成比康科特任何一個農民的收成都要好。

第二年，我就幹得更好了，因爲我把需要種的土地都種上了，也不過三分之一英畝，從這兩年的經驗來看，我並沒有被那些農業巨著嚇倒，包括亞瑟．揚的著作。我發現一個人如果要簡單地生活、自給自足，而且並不耕種得超過他的需要，也不貪婪地交換更奢侈、更昂貴的物品，那麼只要耕幾平方公尺的地就夠了：用鏟子比用牛耕又便宜一些；可以不斷更換新地，這樣就不用施肥，而所有農場上的必要勞動，只要在夏天空閒的時候幹幹就行了；這樣他就不會像現在的人們那樣去做牛做馬，像母牛或豬玀那樣。

在這一點上，可以說，作爲一個對當下社會經濟措施的成敗毫不關心的人，我比康科特的任何一個農民都更獨立，因爲我沒有被固定在一座房屋或一個農場上，我能按我自己的意向行事，很自由靈活。而且我的情況已經比他們的好了很多，假如我的房子被燒了，或者歉收了，我還可以和以前一樣地活得很好。

我還在村中做測量員、木工和各種別的零工。我掌握的技能很多，我掙到了十三·三四美元。八個月的伙食費——從七月四日到次年三月一日，儘管我在那裏已經過了兩年多，但我沒有把自己生產的馬鈴薯、玉米和一些豌豆的收入計算在內，也沒有把結賬日留在手上的存貨市價計算在內：

米……一．七三五美元

糖漿……一．七三美元——最便宜的

黑麥……一．〇四七五美元

印第安玉米粉……〇．九九七五美元——比黑麥價格低

豬肉……〇．二二美元

以下都是實驗，但卻都失敗了——

麵粉……〇．八八美元——比印第安玉米粉貴，而且麻煩

白糖……〇．八美元

豬油……〇．六五美元

蘋果……〇．二五美元

蘋果乾……〇．二二美元

甘薯……〇．一美元

一個南瓜……〇．〇六美元

一個西瓜……〇．〇二美元

鹽……○．○三美元

我總共吃掉了八．七四美元；可是，假如我不知道大多數讀者和我犯的是一樣的錯誤，要是他們的清單公佈出來，還沒有我的好，我是不會這樣不害臊地公開我的這一切的。第二年，有時我捕魚吃，有一次我還打死了一隻糟蹋我的蠶豆田的土撥鼠——它像韃靼人說的那樣在轉世——我把它吃了，一半也是爲了做個試驗；它雖然有一股麝香一樣的味道，但還是暫時使我享受了一番，我知道經常吃對身體沒有什麼好處，即使去請村中最會做菜的人爲你烹調土撥鼠也不行。

這段時間的衣服及其他開支是八．四七五美元，油和其他家庭用具二美元。除了洗衣和補衣多半是拿到外面去的，但帳單還沒有開來，故不納入計算——以下這些是必須花的錢，或者已經超支——全部的支出如下：

房子……二十八．一二五美元

農場一年的開支……十四．七二五美元

八個月的食物……八．七四美元
八個月的衣服等……八．四〇七五美元
八個月的油等……二美元
合計……六十一．九九七五美元

這些是對那些要謀生的讀者說的。爲了支付以上的開銷，我賣了農場的產品，一共是二十三．四四美元。

做零工賺到……十三．三四美元
合計……三十六．七八美元

開支減去收入，差額約二十五．二一五美元——剛好是開始時我所有的資金，原先就準備好開支的——而另一方面，除了得到閒暇、獨立和健康，還擁有了一座房屋，我想住多長時間，就住多長時間。

這個明細賬單儘管很瑣碎，似乎也沒有什麼用處，但正因爲它相當完備，也就獲得了某種價值。我把什麼都記上了賬簿。從上面列的表來看，我每星期在食物上只花掉我兩角七分。在後來的將近兩年中，我的食物總是黑麥和不發酵的印第安玉米粉、馬鈴薯、米，少量的醃肉、糖漿和鹽；飲料則是水。對我這樣的印度哲學愛好者，用大米作爲主要食物是合適的。爲了對付一些吹毛求疵的人的反對意見，我不如把話挑明，我有時跑到外面去吃飯，我以前是這樣做的，相信將來還是有機會這樣，但這樣做是會損害我家裏的經濟安排的。我已經說了，到外面吃飯是免不了的事，但這一點並不影響我作出什麼結論。

經過兩年的經驗，我知道，即使在一個緯度上，要獲得一個人所必需的食物是不用太費勁的；一個人可以像動物一樣吃簡單的食物，仍然保持健康。我從玉米田裏採到過一些馬齒莧，煮熟後加點鹽，吃了一餐，這餐飯吃得很開心。我寫下了它的拉丁文的學名，是因爲它的俗名不太好。你說，在和平年代，日常生活的中午時分，除了吃一些甜的嫩玉米，加上鹽煮，一個有理智的人還能期望什麼更多的食物呢？我稍稍變換花樣，也只是爲了換換口味，並不只爲了健康。然而人們經常忍饑挨餓，他們並不缺少必需品，只缺少奢侈品；我還認識一個善良的女人，她以爲她的兒子是因爲只喝清水才把命送了的。

讀者當然知道，我是從經濟學的觀點，而不是從美食的觀點來考慮這個問題的，任何一個人都不會大膽地效仿我的節食，除非他是一個脂肪太多的人。

剛開始，我用純粹的印第安玉米粉和鹽來焙製麵包，很純的糨糕，我在露天的火上烤它們，放在薄木片上，或者放在蓋房子時從木料上鋸下來的木頭上；但它經常被熏得有松樹味。我也嘗試過用麵粉；最後發現用黑麥和印第安玉米粉最方便，也最可口。在寒冷的天氣裏，這樣不斷地烘這些小麵包是一件趣事，像埃及人孵小雞一樣，不斷地翻它。我烤熟的，可是眞正的穀物的果實，它們如其他鮮美的果實，散發出一種芳香，我用布把它們包好，使它們儘量保持這種芳香，時間越長越好。

我認眞地研究了古人必備的製造麵包的方法，向那些權威討教；從原始時代第一個不發酵的麵包發明開始，人類第一次進步到了吃這種食物的文明——那時的人類吃野果和生肉。慢慢地我又從書中知道了麵團怎樣突然間發酸，就這樣，人們掌握了發酵的技術，然後經過各種發酵作用，直到有了這種「甜美而有益於健康的麵包」，這種生命的支柱。

有人認爲發酵劑是麵包的靈魂，是細胞組織的精神，像聖灶上的火焰，被虔誠地保留下來——我推測，一定有很珍貴的幾瓶最初是由「五月花」號輪船帶到美國來的，它的影響至今還在這片土地上升騰、膨脹、伸展，成爲這個國家的主食；酵母我是從村中虔誠地端來的，直到有一天早晨，我忘了它的使用方法，用開水去燙；這件意外的事使我發現，其實可以不用酵母——這個發現不是用綜合法，而是用分析的方式——從此我坦然地取消了它，儘管很多家庭主婦曾經好心地告訴我，沒有發酵粉，就做不出可靠而有益健康的麵包，老年人甚至說我的體力會很快衰退。然而，我發現這並不是必需的原料，沒有發酵劑，我也照樣過了一年，照樣生活在活人的土地上。我高興的是，我再也不用在袋子裏裝一隻小瓶子了，有時「砰」的一聲瓶子碎了，裏面的東西灑得我很不愉快，不用這東西更簡單，也更高雅。

人這種動物，比其他任何動物都更能夠適應各種氣候和環境。我也沒有在麵包裡加鹽、蘇打或別的酸素或鹼。看來我是在按照基督誕生前兩個世紀的馬爾庫斯·鮑爾修斯·卡托（羅馬農業家，著有《農業學》）的方法來做麵包的：「**Panem depstieium sicfacito. Manus mortariumque bene lavato. Farinam in mortarium indito,** aquae paulatim addito, subigitoque pulchre, Ubi bene subegeris, defillgi-to, coquitoquesub testu.」我這樣理解他的這段話——「這樣做手揉的麵包：洗淨你的手和槽子。把粗粉放進槽子裏，慢慢加水，揉透。揉好後製作成形，然後蓋上蓋子烘烤。」——也就是說，我們只需要一個麵包爐。他並沒有提到發酵。但我也無法經常吃麵包。有一個時期，我窮得一個月沒有見到過麵包。

每一個新英格蘭人都能夠很容易地在這塊適宜種黑麥和印第安玉米的土地上，種出自己所需的麵包原料，而不去依靠那遠方變化著的市場。然而，在現在的康科特，人們過得既不樸素，又沒有獨立性，店裏已經很難買到新鮮發甜的玉米粉了，沒有人還在吃玉米片和更粗糙的玉米粉。農民們用自己種出來的大部分糧食餵牛和豬，卻另外花更大的代價到面店去買未必更有益於健康的麵粉。

我可以很容易地種出我的一兩蒲式耳黑麥和印第安玉米粉，它們都可以在最貧瘠的土地上生長。我用手把它們磨碎，沒有米和豬肉也照樣生存得很好；假如需要糖，我發現用南瓜或甜菜根也可以做出一種很好的糖漿來，只是加點糖精的話，可以更容易地做出糖來；如果當時還不能收到它們，也可以找到許多替代品。因爲，正如我們的祖先曾經歌唱的那樣——

我們可以用南瓜、胡桃木和防風
來釀造美酒，來甜蜜我們的嘴唇。

最後，我想說說鹽。雜貨中最常使用的東西，當然也可以到海邊去找，或者，完全不用它，也許還可以節約一點開水呢。我不知道印第安人是否為了得到食鹽而勞神傷身。

我由此避免一切交換和買賣，至少在食物上是做到了，而且房子已經有了，剩下來的是衣服和燃料問題。我現在穿的一條褲子，是在一個農民的家裏織成的——謝天謝地，人仍舊有很多美德；我認為從一個農民降為技工，其偉大和值得紀念，正如一個人降為農民一樣。重新到一個鄉村去，燃料可是一個問題。至於棲身之地，假如不允許我再居住在這塊沒有人住的地方，我仍舊可以用我耕耘過的土地的價格——八．八美元，買下一英畝地。但事實上這塊地因為我的居住而大大升值了，起碼我是這樣認爲的。

有些對此懷疑的人有時問我，我是否認爲只吃蔬菜就可以活下去；爲了立即說出事物的本質——因爲本質就是信心——我往往這樣回答：即使吃木板上的釘子，我也可以活下去。如果他們連這也理解不了，那無論我怎麼說，他們都無法理解。就我個人而言，我很願意聽說有人在做這樣的實驗；好像有一個青年曾嘗試過半個月，只靠粗糙的玉米生活。松鼠曾試過，很成功。人類對這樣的試驗是有興趣的，雖然有少數幾個老婦人被剝奪了這種權利，或者在麵粉廠裏擁有死去的丈夫三分之一遺產的，她們也許會感到驚訝。

我的傢俱，有些是我自己做的，有些則花錢很少，但我沒有記在賬上——包括一張床，一張桌子，三個凳子，一面直徑三英寸的鏡子，一把火鉗和柴架，一把壺，一口長柄平底鍋，一個煎鍋，一把勺子，一個洗臉盆，兩副刀叉，三個盤子，一隻杯子，一把調羹，一個油罐和一個糖漿缸，以及一盞上了日本油漆的燈。沒有人會窮得只能坐在南瓜上的。那是懶惰者的行爲。

在村中的閣樓上，有很多我喜歡的椅子；只要去拿，就歸你了。傢俱！謝天謝地。我可以坐，可以站，不用傢俱公司來人幫忙。如果誰看到自己的傢俱被裝在車上，暴露在眾人眼前，況且只是一些極不入眼的空箱子，誰會不感到害羞呢？除非他是一個哲學家。這是斯波爾特的傢俱，看了這些傢俱，我仍舊不知道它是富人的還是窮人的；它的主人似乎仍舊是個窮人。眞的，東西越多，就越窮。每一車，都似乎是十幾座房子裏的東西；一座房子如果是很窮人的，那就會加倍地窮困。

你會說，爲何我們經常搬家，而不是丟掉一些傢俱，丟掉我們的表面的東西，離開這個世界，到一個有新傢俱的世界裏去，把舊傢俱徹底燒掉呢？這正如一個人把所有陷阱的機關都縛在皮帶上，搬家經過我們放著繩子的荒野時，又不得不拖動那些繩子——拖到他自己的陷阱裏去了。把斷尾巴留在陷阱中的狐狸是很幸運的。麝鼠爲了逃命，寧肯咬斷它的第三條腿。難怪人類已失去了靈活性，多少次走上了同一條絕路！「先生，你所謂的絕路，指的是什麼呢？」

如果你是一個善於觀察的人，你會發現你所遇到的任何一個人，都會有一些什麼東西，還有很多他裝作沒有的東西，你甚至會發現他的廚房中的家什以及所有外觀漂亮而毫無實用價值的東西，他要留著這些東西，而不願意燒掉，彷彿被這些東西載在上面，只能拖著它們往前走。他鑽過了一個繩結的圈套或過了一道門，而他背上的一車傢俱卻過不去，這時，我說他是走上一條絕路了。

當我聽到一個衣著華麗的人，表面上他很自由，似乎一切都很得當，但一說到他的「傢俱」，無論是否保了險，我不能不憐憫他。「我的傢俱怎麼辦呢？」我的歡樂的蝴蝶，就這樣撲進蜘蛛網了。甚至有這樣的人，多年來好像並沒有傢俱牽累他似的，但是，如果你認眞地問問他，就會發現誰家的屋簷下都儲藏著幾件傢俱呢。

我看現在的英國，就像一個老年紳士，在帶著他的許多行李旅行，都是些在家裏待久了以後，積起來的許多華而不實的東西，而他卻沒有勇氣扔掉它們：大箱、小箱、手提箱以及包裹。至少可以把前面的三種拋掉吧。任何一個身體健康的人，也不會提著他的床鋪上路。我尤其要勸告一些害病的人，扔掉你們的床鋪，奔跑吧。當我碰到一個移民，帶著他的全部家產艱難趕路——那些家產彷彿他脖子後長出來的大瘤——我眞可憐他，並不因爲他只有那麼一丁點兒，倒是因爲他得帶著它們趕路。如果我必須帶著我的陷阱趕路，至少我可以帶一個比較輕便的陷阱。機關失靈，也不至於把我吞沒。當然，最聰明的辦法還是不把自己的手放進陷阱裏。

順便說一下，我也沒有花錢去買窗簾，因爲這裏除了太陽和月亮，就沒有必要提防別的什麼偷窺者，我也願意它們來看看我。月亮不會使我的牛奶發酸，或使我的肉發臭，太陽也不會損害我的傢俱，或使我的地氈褪色；如果有時這位朋友太熱情了，我就會退避到那些大自然所提供的窗簾後面。既然沒有必要花錢，又何必再添上窗簾的開支呢。有一次，一位夫人要送我一張地席，但我的屋內沒有放置它的地方，也沒有時間收拾它，我沒有接受，我寧願在門前的草地上把腳底擦拭乾淨。我們應該在罪惡開始時，就對它避而遠之。

不久後的一天，我參觀一個教會執事的財產拍賣，他的一生並非沒有成績，但「生前作過的惡，死後還在流傳」。一般而言，大部分東西都是華而不實的，有的還是父輩積藏下的。其中還有一條乾條蟲。到現在，這些東西躺在他家的閣樓或別的塵封的洞中，已經半個世紀了，仍舊沒有被燒掉，還要去拍賣，還要使它們在人間存活下去。鄰居們成群結隊地集合在一起，挑挑揀揀，把它們全部買下來，小心翼翼地搬進他們的閣樓和別的塵封的洞中，躺在那裏，直到這一份家產又需要處理，那時它們又會如此循環下去。要知道，人死後，他的腳只能埋進土裏。

或許某些野蠻國家的風俗值得我們學習，因爲他們每年至少還要蛻一次皮；這事實上無法做到，但他們卻都象徵性地做做。我們要是像巴爾特拉姆描寫的摩克拉斯族印第安人那樣，舉行收穫第一批果實的聖禮，難道不是很好嗎？「當一個部落舉行聖禮的時候，」他說，「他們事先預備好新衣服、新陶罐、新盤子、新器具和新傢俱，然後把所有穿破了的衣服和別的可以拋棄的舊東西集中起來，打掃他們的房子、廣場和全部落，把垃圾、壞穀物和別的陳舊糧食一起倒在一個公共的堆上，用火把它們燒掉。然後吃藥，絕食三天，全部落都熄了火。這期間，他們拋棄了食欲和其他欲望；宣佈一切罪人都可以回到部落裏來。」

「到第四天早晨，祭司就在廣場鑽木取火。每家人都從這裏把新生的純潔火焰帶回家去。」

他們吃著新的穀物和水果，唱歌跳舞三天，「而接下來的四天，他們接受鄰近部落的友人們的訪問和慶賀，友人們也以同樣的方式淨化了自己，準備就緒」。

墨西哥人每過五十二年也要舉行一次淨禮，他們相信世界每五十二年輪迴一次。

我沒有聽到過比這個更神聖的淨禮了，就像詞典上說的聖禮，是「內心靈性淨化的外在儀式」，我毫不懷疑，他們的風俗是天授的，儘管他們並沒有一部書籍記錄下那一次的啓示。

我只依靠雙手勞動養活自己，已經五年多了。我每年只需工作六個星期，就足夠支付我所有的生活開銷了。一整個冬天和大部分夏天，我可以自由地讀書。我曾認眞辦過學校，而收入只夠支出，甚至不夠開支，因爲我必須穿衣、修飾，必須像別人那樣思想和信仰，最終這筆生意使我耗費了不少時間，得不償失。因爲教書只是爲了生活，而不是爲了傳播知識，所以失敗了。我也嘗試過做生意，但我發現，要學會經商，必須花上十年的時間，也許那時我已經走上了邪路。我只是擔心我的生意到那時是否會眞正興隆。

在這之前，我四處尋找一個謀生之路，曾想迎合幾個朋友，而有過一些失敗的經驗，使我不得不多想些辦法，我常想，還不如去揀點漿果；這我自然可以做到，極少的利益就能夠使我滿足——因爲我的最大優點是需要得少——我很愚蠢地這樣想著，因爲這只需要極少的投入，也很符合我的情緒。當和我熟識的那些人義無反顧地去做生意，或工作了，我認爲我的這一職業會成爲他們的榜樣；整個夏天，我漫山遍野地跑，一路上揀面前的漿果，然後隨意處置它們；彷彿是在放牧阿德默特斯的羊群。我也想過，我可以採集些閑花野草，用運乾草的車子把常青樹運給一些愛好樹林的村民們，甚至還可以運到城裏。但從那時起我明白了，商業詛咒它經營的一切事物——即使你經營天堂的福音，也擺脫不了商業對它的詛咒。

因爲我偏愛某些事物，但又非常喜歡自由；因爲我能吃苦而獲得些成功，我並不想花掉自己的時間來購買豪華的地毯、講究的傢俱、美味的食物，或希臘式、哥德式的房屋。如果有人能輕而易舉地得到這一切，得到之後又懂得怎樣利用它們，就讓他們去追求吧。有的人很「勤懇」，天生愛好勞動，因爲勞動可以使他們不去幹壞事；我不知道該如何評論這種人。

至於那些有更多的閒暇而不知該如何打發的人，我就會勸他們勤懇地勞動——勞動使他們能養活自己，並獲得自由。就我的經驗，我認爲所有職業中，打短工是最自由的，何況一年中只要工作三四十天就能養活自己。太陽落山時，短工就結束了，之後他就可以自由地幹他想幹的事情；而他的雇主則要月復一月，年復一年，永遠沒有休息的時刻。

總之，我已經確信，根據信仰和經驗，一個人要在世間謀生，如果生活得比較單純而且聰明，並不是一件艱難的事情，而且還是一種消遣；那些比較單純的國家，人們從事的工作不過是一些人工化的體育活動。沒有必要流著汗勞動以養活自己，除非他比我還要容易流汗。

我認識一個繼承了幾英畝地的年輕人，他對我說如果有可能，他想像我一樣生活。我卻不願意任何人由於任何原因而採用我的生活方式；因爲，也許他還沒有學會這一種，說不定我就已經找到了另一種了，我希望所有的人都是不同的；但我希望每一個人都能謹愼地選擇並堅持自己的方式，而不要採用他父母或鄰居的方式。年輕人可以建築，可以種地，也可以航海，只要不阻撓他去做他願意做的事。人是聰明的，因爲他會計算；水手和逃亡的奴隸都知道眼睛盯住北極星，這是受用一輩子的知識。我們也許無法在一個預定的時日到達目的港，但我們總可以走在一條正確的航線上。

我相信，一個改革家之所以悲傷，一定是心有愧疚，而非他對苦難的人民的同情，儘管他也是上帝最神聖的子孫。讓這一點得以改正，讓春天向他跑來，讓黎明在他的床頭升起，他就會毅然拋棄那些慷慨的同伴，而決不感到遺憾。因爲我從來不抽煙，所以我不反對抽煙；抽煙的人會自嘗苦果的；儘管有很多我自己嘗過的事物，我也可以反對它們。如果你曾經錯誤地做過一個慈善家，就不要讓你的左手知道你的右手做了什麼，因爲這是需要隱瞞的。把淹在水裏的人救上岸，繫上你的鞋帶，去舒舒服服地做一些自由的勞動吧。

和聖人的交往，使我們的風度喪失殆盡。我們的讚美詩中響起了詛咒上帝的音樂，我們一直在忍受他。可以說，即使是先知和救世主，也只能安慰人的恐懼而無法激勵人的希望。哪兒也沒有對人生表示簡單熱烈的滿意和對上帝的讚美之詞的記載。健康、成就，這一切都使我感到高興，儘管它遙不可及；疾病、失敗，這一切使我感到悲傷，使結果變得很糟，雖然它那麼同情我，或者我那麼同情它。所以，假如我們眞要以一種印第安式的、植物的、磁的或自然的方式來恢復人性，首先讓我們簡單而安寧，像大自然一樣，把我們眉頭上低垂的烏雲抹去，注入一點小小的生命。不去做窮人的先知，而努力做踏實地生活在世界上的人。

希克·薩迪的《花園》中，我讀到這樣的話——

「他們問一位智者，爲什麼在上帝種植的美樹高大的華蓋中，卻沒有一枝是自由的，除了柏樹，但柏樹卻不結果？智者回答，任何事物都有自己的時令，符合時令則茂盛開花，不符合時令便乾枯萎謝；柏樹不在此列，它永遠蒼翠，稱得上Azad——宗教的獨立者。你的內心不要依賴於不斷變化，因爲Dijlah——底格里斯河，在哈里發乾枯以後，還是奔流經過巴格達的；如果你很富有，要像棗樹一樣慷慨自由；而如果你沒有什麼可以慷慨，做一個Azad——自由的人，像柏樹一樣簡單而且安寧。」

瓦爾登湖畔的沉思

假如你生病了，醫生會善意地勸告你換個地方，呼吸一下新鮮空氣。感謝上帝，世界廣大，不限於此。在新英格蘭看不到七葉樹，在這裏也難以聽到戲仿鳥的鳴叫。野鴨子比我們更能適應各地氣候，它們早上在加拿大，中午在俄亥俄州，晚上則棲到了南方的河灣地帶。甚至連野牛也知道隨節令移動，它們從科羅拉多牧場的青草開始吃起，一直吃到黃石公園，前面永遠有青草在等待著它們。而人們卻老是要在自己的園地裏豎起籬笆和柵欄，在自己的田邊地角砌上石頭，人爲地劃出界限，認爲只有這樣才能安居樂業。假如你是市鎮管理者，這個夏天就不可能去火地島旅行，但你也可能到地獄裏去看火。世界之大，超出我們的想像。

當然，我們應該常常像好奇的旅行者那樣，站在船尾流覽四周的風景，而不要像水手那樣，只顧埋頭撕麻絮。其實，地球的另一面也不過是一個和我們相同的世界。我們的旅行只是在兜著圈子；醫生開出的藥方，也只能醫治表面的病。還有人跑到南非洲去追逐長頸鹿呢！獵鷲鳥捉土撥鼠也是少有的遊戲；我認爲挑戰自己會是一項更有意義的運動。

快把你的視線轉向內心，
你將發現你心中有一千個尚未發現的地方。
趕快去旅行吧，
成爲自己內心宇宙的地理家。

非洲和西方代表什麼？在我們內心的地圖上，不也是一塊空白嗎？如果去考察，它是否也像非洲海岸那樣神秘莫測呢？尼羅河、尼日爾河、密西西比河的源頭，甚至大陸上的西北走廊，是否都要我們去發現呢？這難道是人類最重要的問題嗎？世上惟一失蹤的北極探險家是否眞是富蘭克林，使他的妻子不得不如此焦慮地尋找他呢？格林奈爾是否知道自己在什麼地方？就讓你成爲探索自己心靈的門戈．派克、路易斯、克拉克和弗羅比遏吧，去探索你自己的極地——如果有必要，可以在船上放滿罐頭食品，以維持生計。另外，還可以把空罐頭盒堆得很高，作爲標誌物。

發明罐頭肉難道僅僅是爲了保存肉食品？絕非如此。你必須做一個哥倫布，去發現你心裏的新大陸和新天地。開闢出思想的，而非貿易的新航線。每個人都是自己的國王，與這個王國相比，沙皇的帝國也不過是一個小國，一如冰雪天地中的小雪球。但有的人就不知道尊重自己，卻大談愛國，爲了維護少數人的利益，卻要大多數人作出犧牲。他們喜歡上了他們將來的葬身之地，卻對那使他們的身體重新獲得生命力的精神漠不關心。

愛國不過是他們大腦的幻想。南海探險隊的用意何在？那麼奢侈和浪費，並且，間接地說明了這樣一個事實：在精神生活世界裏，也有大陸和海洋，每個人都是其中的一個或半個島嶼，但卻從不去探險；他非要帶著專門服侍他的五百名水手和僕人，坐在政府安排的大船上，遠航幾千里，經過嚴寒、風暴和吃人的生番之地；他認爲這要比獨自一人在內心的海洋或大西洋上探險容易得多。

讓他們去漂泊，去考察異邦的澳大利亞人，

他們得到了更多的路徑，而我從上帝那裏得到的更多。

周遊世界，跑到桑吉巴去數老虎的數量是沒有必要的。但沒有更好的事情可以做，只能如此了，你或許還能找到「西美斯的洞」，或許能從那裏進入你的內心深處。英國、法國、西班牙、葡萄牙、黃金海岸，都面對著內心之海；但從那裏出發，可以直達印度，卻沒有哪條船敢開出港灣，到茫茫的內心海洋上航行。儘管你學會了所有的方言，瞭解所有的風俗，儘管你比所有的旅行家都走得更遠，適應所有的氣候和水土，甚至連斯芬克斯也被你氣得撞死在石頭上，你還是得聽從古哲學家的一句話——「到你的內心去探險吧！」這才用得上你的眼睛和腦袋。

只有戰敗的將軍和士兵才會參與，只有流亡者和懦夫才會加入。現在就開始吧，去最遠的西方，這樣的探險並不停止在密西西比或太平洋、古老的中國或日本，探險一往無前，彷彿經過大地的一條切線；無論冬天還是夏天，白天還是晚上，都可以進行內心的探險，一直到大地消失之處。

據說，法國政治家米拉波曾去公路上搶劫，「檢驗一下公然違抗社會最神聖的法律，究竟需要多大的決心」。後來他宣稱，「戰場上的士兵的勇氣，只有攔路搶劫者的一半」——「榮譽和宗教無法阻擋謹慎而堅強的決心。」在這個世界上，米拉波用無聊的行動來證明自己還是一個男子漢，儘管他並非無賴。一個頭腦清醒的人會知道，自己「正式抵抗」人們所說的「社會最神聖的法律」已有很多次，因爲他需服從更加神聖的法律，他不刻意這樣做，已經說明了問題。事實上，他沒有必要對社會抱這種態度，他只需要堅持自己的原則，保持原有的態度，假如他能遇到一個公正的政府，就不會與之對抗。

我離開或是進入森林，都有同樣好的理由。我認爲或許還有多種生活可以經歷，我沒有必要把太多的時間浪費在一種生活上。令人遺憾的是，我們很容易糊裏糊塗地習慣於一種生活，只走一條道路。我在那兒住了不到一個星期，就踏出了一條小路，從門口一直通到湖邊；五六年過去了，小路仍舊存在。我想是別人也在走這條小路，所以它還存在。大地的表面是柔軟的，人們在上面留下了蹤跡；同樣，內心的行程也留下了路線。你看，公路被踐踏得塵埃蔽天，傳統和習俗在上面留下了多深的車轍！我不願待在船艙裏，寧願站在世界的桅杆前和甲板上，因爲從那裏更能看清群山中的明月。我再也不願到艙底了。

至少，我從實踐中體驗到：一個人假如能夠自信地朝他夢想的目標前進，並努力營造他所嚮往的生活，他就會取得通常情況下他無法取得的成功。他會把所有的事情都拋到腦後，從而超越一條看不見的界限；一種更新、更廣大、更自由的規律將會在他周圍、在他的內心建立起來；或者舊有的規律將擴大，他將得以生活在事物的更高級的秩序中。他的生活越簡單，宇宙的規律也就越簡單，寂寞不再，貧困不再，軟弱也將不再。如果你造了空中樓閣，你的勞苦並非白費，在空中製造樓閣，就必須把基礎放到它們的下面去。

英國人和美國人卻提出了一個荒唐而可笑的要求，要求你說的話能讓他們理解。人和毒菌的生長都不會這麼聽命。他們竟然還認爲這很重要，似乎只有他們能理解你。彷彿大自然只有一種理解方式，它能養活四足動物，但卻養不活鳥雀，能養活走獸，卻養不活飛禽；彷彿只有「噓」和「站住」這種大白話才是最好的英語。似乎只有愚笨才是最安全的。我擔心的是我表達得還不夠充分，不慍不火，不能超越日常經驗的狹窄範圍，不足以表達我堅信的眞理。這就要看你是從什麼角度來衡量了。

遊蕩的水牛跑到另一個緯度尋找新的牧場，並不比奶牛在擠奶時踢翻了奶桶、跳過欄杆，去找它的小牛來得更爲過火。我希望能夠自由地言說，像兩個清醒的人之間的對話；我認爲，要使自己的說法站得住腳跟，還不夠過火呢。誰聽過一點音樂就害怕自己說話過火呢？爲了將來或可能的事物，我們應該生活得不緊不慢，不那麼外露和清楚，就像我們的影子那樣。在面對太陽的時候，也會不自然地流下汗水。我們眞實的語言容易被蒸發掉，只留下一些多餘的廢話。眞實的語言是在變化中的，只有文字得以保留下來。用什麼樣的語言來表達我們的信念和眞誠，是值得懷疑的；只有偉大的人才明白，並感到它甘之如飴。

爲什麼我們一定要把我們的智力降低到愚笨的程度，還認爲那是常識？最一般的常識是睡著的人的意識，從他們的鼾聲中表達出來。有時我們把難得聰明的人和愚蠢的人歸在一起，因爲我們只能欣賞他們三分之一的聰明。有人偶然起了一次早，就開始對黎明的紅霞挑剔開了。我還聽說，「他們認爲卡比爾的詩有四種不同的意義：幻覺、精神、智性和吠陀經典的通俗教義。」但我們這裏要是有人對一個作品作了幾種解釋，就要備受責難。英國人正在努力防止馬鈴薯腐爛，難道他們就不努力醫治腦子的腐爛？而後者實在更普遍，也更危險。

我並不認爲我已變得高深莫測了，但是，在本書中發現的致命錯誤，如果不比在瓦爾登湖的冰中發現的更多的話，我就深感欣慰了。南方的購冰者不喜歡它的藍色，彷彿那是泥巴，實際上，這是它純潔的證明。他們反而看上了劍橋帶有草腥味的白色的冰。人們所喜愛的純潔是籠罩大地的霧，而不是霧上面的藍色天空。

有人說，我們美國人和當代人，與伊莉莎白時代的人相比，不過是些弱智者而已。此話怎講？一條活著的狗總比一頭死了的獅子強。難道被歸入弱智者就該上吊？他爲何不能是弱智者中的強者呢？每個人都應努力幹好本職的工作。

爲何我們如此急於求成，而從事這一荒唐的事業？如果誰跟不上他的夥伴，那也許是因爲他聽的是另一種鼓聲。讓他踏著他聽到的音樂節奏趕路吧，無論那拍子如何，或在多遠的地方。他是否應該像一棵蘋果樹或橡樹那樣快地成熟，是不重要的。他應不應該把春天當做夏天？如果我們所要求的條件還不夠，能用什麼來代替呢？我們可不能在一個虛無的現實裏撞破了船隻。我們是否該在頭頂上建立一個藍色的玻璃天空呢，雖然完成後我們還要凝望那遙遠得多的眞實的天空，視前者爲無物。

在柯洛城裏有一位追求完美的藝術家，一天，他想製作一根手杖。他認爲一旦考慮時間問題，完美的藝術品就無法完成，所有完美的藝術品都不能顧及時間這個因素。所以，他對自己說：「即使我以後再也不做其他任何事情，也要把它做成一件非常完美的藝術品。」他馬上到林中尋找木料，他決定絕不用不合格的材料。當他在森林中精選一根又一根材料的時候，他的朋友們都不斷地在工作中變老，然後離開了人世，惟有他沒有老去。他一心一意，堅定而又虔誠，這一切使他在不知不覺中獲得了永久的青春。因爲他並不向時間低頭，時間只好站在一旁歎氣，拿他沒辦法。

他還沒有找到一根完全適合的木料，柯洛城已經成了古老的廢墟，後來他就坐在廢墟上剝樹皮。他還沒有造出一個形狀來，坎大哈朝代已經結束了。他用手杖的頭在沙上寫下那個民族的最後一個人的名字，然後又繼續工作。當他磨光了手杖，卡爾伯已經不是北極星了；他還沒有裝上金箍和鑲著寶石的杖頭，梵天已經睡醒了很多次。

我爲什麼要說這些呢？因爲手杖完成的時候，光亮四射，成了梵天創造的世界上最美麗的一件作品，他在創造手杖的過程中，創造了一個全新的制度，一個美妙的新世界；古城雖已不復存在，新的、更輝煌的時代和城市卻已經興起。而現在他看到刨花還依然新鮮地堆在他的腳下，對於他以及他的工作而言，所謂時間的流逝不過是幻象，時間絲毫沒有逝去，就像梵天腦中閃過的思想，立刻就點燃了凡人腦中的火絨一樣。純粹的材料，純粹的藝術，結果怎能不神奇？

我們製造出的萬千世界，最終沒有一個能像眞理那樣能夠指導我們，對我們有利。只有眞理永不凋敝。大致的情況是這樣的，我們並不存在於這個地方，而是在一個虛設的位置上。只因我們天性脆弱，從中脫身就更加困難了。清醒的時候，我們只關注事實和實際的情況。說你必須說的話，而不能說你該說的話。任何眞理都比虛僞好。補鍋人湯姆．海德站在斷頭臺上，問他有什麼話要說，「告訴裁縫們，」他說，「縫第一針之前，不要忘記了在他們的線頭上打一個結。」而其他那些人的祈禱都被忘記了。

不管你的生命如何卑賤，都要勇敢地去生活；不能躲避它，更不要用惡言咒罵它。它沒有你那麼糟糕。你最富裕的時候，其實是你最貧窮的時候。愛找缺點的人就是到了天堂，也能夠找到缺點。儘管貧困，但要愛你的生活。即使在濟貧院裏，也還有愉快和光榮的時刻。夕陽反射在濟貧院窗上，像射在富戶人家窗上一樣光亮；門前的積雪也一起在早春融化。一個心靜知足的人，在哪裡都像在皇宮中。

我看城鎮中的窮人往往是獨立的。或許因爲他們很偉大，所以受之無愧。大多數人以爲他們是超然的，不靠政府的救濟；可是事實上他們爲了謀生，往往用了不正當的手段，他們是不可能超脫的，甚至是不體面的。把貧窮視爲花園中的花草，並像聖人一樣耕植它吧！不要再去尋找新的東西了，不管是新朋友還是新衣服。去尋找舊的，回到那裏去。事物是不變的，變化的是我們。可以把你的衣服賣掉，但要保留你的思想。上帝會明白你並不需要上流社會。

假如我必須整天躲在閣樓的一角，像一隻蜘蛛一樣，只要還能思考，世界對我而言是一樣的。哲人說，「三軍可奪帥，匹夫不可奪志也」。不要急著求發展，不要太在意你的影響；這些都是沒有用的。卑微像黑暗一樣，閃耀著極美的光。貧窮和卑微的陰影籠罩著我們，「但你看！我們的視野更大了。」我們經常被提醒，即使讓我們像克洛索斯那樣富有，我們的目標和方法事實上還是如此。

況且，假如你受盡了貧窮，連買書報的錢都沒有了，那時你也不過是被限制於最有意義和最重要的經驗之內了；你不得不和那些可以產生最多的糖和最多澱粉的物質發生聯繫。越是貧窮，就會越加感到甜蜜。你不會再去做無聊的事了。處於上流社會的人寬宏大度，不會使底層的人有任何損失。多餘的財富只能夠買多餘的東西，人的靈魂必需的東西，是不需要花錢買的。

我住在一個鉛皮屋子的角落裏，那裏已經加入了一點合金。在我午休的時候，一種混亂的聲音常常從外面傳到我的耳鼓中。這是同時代的人的聲音。我的鄰居告訴我他們和那些著名的紳士淑女的奇遇，在晚宴上，他們遇見的那些貴族；我對這些，像對《每日時報》的內容那樣不感興趣。他的趣味和談話內容總是服裝和禮貌；但笨鵝始終是笨鵝，任你怎麼打扮。他們對我說的加利福尼亞和德克薩斯、英國和印度、喬治亞州或麻塞諸塞的某某名流，全是瞬息即逝的東西，我幾乎要像馬穆魯克的省長一樣，從他們的庭院中逃走。

我喜歡我行我素，不是浮華顯耀、招搖過市，即便我可以和宇宙的建築師攜手同行，我也不願意——我不願生活在這個浮躁的、神經質的、忙亂的、繁瑣的十九世紀的生活中，寧願站著或坐著，沉思著，看著十九世紀過去。人們在歡呼什麼呢？他們加入了某個事業的籌委會，隨時準備聽別人演說。

上帝是今天的主席，韋勃斯特是他的演說家。對於那些強烈地吸引我的事物，我喜歡衡量它們的分量，並逐漸向它們靠攏——絕不拉住磅秤的橫桿來減少重量，而盲目地向它們靠攏——我不假設一個情況，然後按照這個情況的實際來行事；行走在我能夠行走的惟一的路上，在那裏沒有一種力量能夠阻止我。我不會在奠定堅實的基礎之前先造好拱門。不能冒險，必須先有個牢靠的基礎。

一個旅行家問一個孩子，前面這個沼澤有沒有一個堅固的底，孩子說有。但旅行家的馬立刻就陷了下去，陷到肚帶了，他對孩子說：「你說這個沼澤有一個堅固的底。」

「是有啊，」小孩說，「可是你還沒有到達它的一半呢。」

社會的沼澤和流沙也是這樣。要明白這一點，卻非年老的孩子不可。也只有很湊巧的時候，所想的和所說的才是好的。

我不願做一個在只有板條和泥漿的牆中釘入釘子的人；假如這樣做了，我就會無法入睡。給我一個錘頭，讓我來摸一摸釘板條。不要依賴表面上塗著的灰漿。釘一枚釘子，讓它釘緊，我就可以安穩地入睡了——這樣，即使你把繆斯找來，面對她時，我也是毫無愧色的。只有這樣做，上帝才會幫助你；也只有這樣做，遇到困難時他才會幫助你。每一枚錘入的釘子都是宇宙機器中的一部分。只有這樣做，你才能夠繼續這一工作。

不用給我愛、金錢和榮譽，給我眞理吧。當我坐在堆滿美味的餐桌前，受到熱情的款待，卻沒有眞理；盛宴過後，我離開冷漠的餐桌回來時，卻饑腸轆轆。那種熱情的招待如同冰雪般寒冷，我想已沒有必要再用冰塊來冰凍它們了。當他們爲我介紹酒的年代和美名時，我卻想起了一種更古老、也更新、更純粹的飲料，但他們卻沒有，也買不到。那些風光、豪宅、庭院的「娛樂」，在我看來，有和沒有是一樣的。我曾去拜訪一位國王，他卻讓我在客廳裏等他，他就這樣對待客人。我的一個鄰居住在樹洞中，他才是眞正的國王。如果我去拜訪他，那就大不一樣了。

我們準備在走廊裏再坐多長時間，遵循這些無聊的陳規舊則，使得所有的工作都那麼荒唐可笑！似乎每個人每天早上都必須苦修一番，還得雇個人給他種馬鈴薯；下午，懷著一顆事先準備好的善心，出去佈施一個基督徒的仁慈！請想想中國人的那種自大自滿，那種人類的凝滯狀態。這一代人很慶幸自己屬於光榮傳統的最後一代；而在波士頓、倫敦、巴黎和羅馬，它們的歷史多麼悠久，它們的文學、藝術和科學多麼古老，他們還在爲此而洋洋自得。到處是哲學學會的材料，到處是對偉人的讚美文章，好一個亞當，在誇耀他們的美德。「是的。我們做著偉大的事業，唱著優美的讚歌，我們是不朽的！」——在我們還記得他們的時候，他們當然是不朽的啦。

但是，古代亞述的學術團體和他們的偉人——還有誰能記得住他們？我們是多麼年輕的哲學家和實踐家啊！我的讀者中，還沒有一個人走完人生的全部路程。我們也許還處於人類春天的幾個月裏。即使我們患了需要七年時間才能夠治好的病，我們也沒有看到康科特遭受的十七年蝗災。我們只瞭解一點我們所生活的世界的表皮。大多數人沒有深入過水下六英尺，也沒有跳到六英尺以上的高度。我們不知道自己身在何處。而且有二分之一的時間，我們是在沉睡中度過的。可是我們卻自以爲很聰明，認爲已經在大地上建立了秩序。

是的，我們既是很深刻的思想家，也是有志氣的人！我站在林中，看松針上爬行的一隻蟲子，看到它試圖躲避我，我會問自己，爲何它能夠那麼謙虛，而我也許可以幫助它，爲它的族類帶去可喜的消息。我禁不住這樣想，也許，一個更加偉大的施惠者和智者，也在俯視著我們這些爬蟲一樣的人。

各種新奇的事物正在源源不斷地湧入到我們的世界中來，我們卻忍受著不可思議的愚蠢。我只要說起在這塊最開明的國土上，我們還在聽怎樣的說教就夠了。如今還有快樂啊、悲哀啊這類詞語，但這些都只是用鼻音哼出的讚美詩的疊句，事實上，我們的信仰是平庸而墮落的。但我們卻以爲只要換換衣服就可以了。據說英國很大，很可敬，而美國是一流強國。我們知道每一個人背後都潮起潮落，這浪潮可以把英國像小木片一樣浮起來，如果有決心的話。誰知道下一次還會發生什麼樣的十七年蝗災？我所生活的世界的政府，並不像英國政府那樣，不是在夜宴之後喝喝美酒，說說話就建立起來的。

生命如同河中之水。漲水年月，洪水漫上枯焦的土地，遇上這樣的多事之年，所有的麝鼠都將被淹死。我們賴以生存的土地也難以倖免。我發現遠古時代，在史前無文字記錄時期，內陸的一些河岸就曾受到過江河的衝擊。想必大家知道這個新英格蘭的傳奇故事：一隻健碩的爬蟲從一張老蘋果桌子的裂縫中爬了出來，那桌子已經在農民的廚房中放了六十年，從康乃狄格搬到麻塞諸塞來，爬蟲之卵寄居在蘋果樹上，則比六十年還長，這可以從爬蟲殼上的年輪裏看出來。聽到它在裏面咬木頭的聲音已經有好幾個星期了，大約是一隻碗的溫度使它開始孵化。

在密閉的木頭中藏了那麼多年，在枯燥乏味的生活環境之中，先是在有生命的樹裏，後來慢慢地，這樹成爲木頭，它已經咬了好幾年木頭，使那圍坐桌旁的一家人受到驚嚇——誰能想像這麼健碩而美麗的、撲楞著翅膀的生命，突然從一個破傢俱中飛出來，從而享受到了它自己遲到的夏天。

約翰或者約納森這些平凡的人，並非都能解一切生命的奧秘，但時光流逝，尚未開始的明天是未知的，也因而具有無數的可能。使我們視物不清的光明，於我們而言是黑暗的。只有在我們睜眼醒來的那一刻，光明才眞正到來。這樣的日子是很多的，太陽也不過是一顆早晨的星星。

我生活的地方，我為何生活

在我們一生的某些時候，我們會默默地注視我們歇息的地方。距我小屋周圍十二英里的鄉野，全被我觀察了一遍，我想像著自己已是一一地買下了這所有的田野。因爲我將成爲所有這些田園的主人，我甚至在自己的心中制定了它們的價格。我走到每一個農家院落，吃著主人端上來的蘋果，與他們談著閒話，像是偶然地請他們開個價，隨便開個什麼價，我都願意買下他們的田園，我甚至願意付出高價，以後我又隨便開個價，將我買下的這片田園抵押給他——我成了這一切的主人——僅僅缺少一張契約——我們口說爲憑。因爲我喜歡閒聊——我確信自己已耕作著這片田園，因而也耕耘著主人的意願。我得到了極大的愉悅和滿足，然後起身告辭，他將留下來繼續耕種這片土地。我的朋友戲謔我爲地產商。事實上，我走到哪裡，就在哪裡生活，我生活的地方景色就會生動起來。

我們的居所，只是一個位址，一個駐足之地——如果它在鄉村，那會更加令我高興。許多可以長期駐足的地方，往往不盡人意，別的人或許嫌它離村鎮太遠，我卻覺得是村鎮製造了與它的距離。我總是說，嗯，這兒不錯，我找到歇息之地了。一個小時，一個夏季，一個冬季，我停在那兒，我消受著這些時間，過了冬天，春天又來了。這個地方未來的居民，無論轉移再多的地方，將會發現有人已在他們之先成爲原始的居民了。我利用一個下午的時間，在一片荒原上建起了一個果園、林場或牧地，確定哪些橡樹或松木不該砍伐，讓每一棵砍下來的樹木都不會被白白浪費；然後，我將離開，像休耕，因爲越懂得放棄的人，得到的就將越多。

我的想像離我太遠，這樣下去，我想像我會在一些田園主人那兒碰釘子——我正巴不得——眞正佔有這些田園給我帶來的煩惱，是我避之不及的。

有一次，我幾乎就要眞正佔有一片田地了，那是我購買格勒威爾田園之時，我開始選種子。準備好一輛手推車和木料，選好之後將用它來運送貨物。可是，就在我即將拿到田園主人的契約之時，他的妻子——大多數的妻子都是這德行——突然毀約，她不想失去這份家業，他提出補償我十美元，以解除契約。老實說，我當時全身上下就只有十美分，假如我擁有十美分而擁有一座莊園，假如我擁有十美元，或者兩樣都有。無論怎麼說，我留下了那十美元，留下了那片田園，這次我實在走得太遠了；但是，我分文不賺地把莊園按原價賣給他，也可以說是慷慨之舉了，只因照顧到他並不是一個富翁，我把那十美元作爲禮物送給他，而我仍然擁有那十美分、種子和可以造一輛手推車的材料。這樣，我發現自己倒闊了，於我的貧窮又沒什麼損害。我還帶走了那些田園風光，從此，我每年從這裏運走所有收穫，而不需要用手推車。關於那鄉村風光——

我來了，像一個帝王，我巡視一切，我的權利不需要證明。

我看到過一個詩人，領略了無盡的田園風光，然後離開。那些多事的農民總是疑惑——整日勞倦奔波的詩人，只帶走幾隻野蘋果。多少年後農夫仍然不知道，詩人已將他們的田園美景變成了美妙的詩句——這些美景已圍上了奇妙無形的柵欄，擠出牛奶，詩人帶走了奶油，留給農夫的是被抽去奶油的奶渣。

在我看來，格勒威爾田園的魅力，在於它的寧靜、幽邃，它距離村子約兩英里，距最近的鄰居半英里，被一片廣闊的田野隔在公路的一邊。一條河緊挨著它流過。田園的主人說，這條河上的濃霧，使格勒威爾田園度過了一個又一個明媚的春天，使它免受霜凍的侵害。然而，這些又有什麼關係呢。灰暗斑駁的房舍和馬廄，到處是禿牆破壁，歪歪倒倒的圍欄，彷彿在我之前，多少年無人居住；園中的蘋果樹被蛀空了樹心，樹幹上爬滿苔蘚，兔子的牙齒印整齊地排列著，可以想像誰會來陪我度過漫長的黑夜和白天。

但越過眼前的這一切，卻保留著我對這裏最初的記憶：我還是一個孩子的時候，曾蹚著河水走到河上游去，房舍掩藏在高大的紅楓林背後，狗的叫聲傳得很遠。爲了這過往的一切，我多麼急於把它們買下來，等不及主人把它收拾得像樣些，砍掉那些無用的蘋果樹，剷除牧場中正在冒尖的小白樺，我決定像阿特拉斯那樣幹一下，哪怕把世界放到我的肩膀上，我願意做任何事情，願像阿特拉斯那樣得不到任何報酬。簡直毫無辦法，只等付款，佔有這現成的一切，不再受任何侵犯。我要任由它胡亂地生長，生產出難以形容的美。但結果是我不得不遠離這一切。

所以，我預備好了種子，持續著我耕種大片農田的夢想（至今我一直在培育著一座園林）。有人說年代越久的種子越好，我相信時間會分出好與壞。我至今仍相信，有一天我播了種，將會得到不錯的收成。可是我要對你只說這一次：捨棄了長久的自由而固守著一座田莊，和把自己關在獄中是一樣的愚蠢。

我的「啓蒙讀物」老卡托的《鄉村篇》中，有這樣一段話——可惜我讀到的惟一譯本，把這句話譯得一塌糊塗——「如果你打算買下一個田莊，你可以在腦中一遍又一遍地想像它，但絕不可以因貪心而佔有它，也不能因懶惰而不去看望它，只繞著它轉個圈是遠遠不夠的。一個眞正好的田園，你會因對它觀望的次數越多而越喜歡它。」我想我不會因貪心而佔有它，在我的有生之年，我都要去圍著它轉悠，死後葬在那裏。這樣我才能眞正喜歡上它。

現在我要寫下的是這一類經歷中的另一個，我打算把它講得更詳細些，爲了便於敘述，假設這兩年的經歷是在一年裏發生的。我說過，我不願意用哀婉的筆來寫一支頌歌，可是，像黎明時站在棲木上的金雞一樣，我放聲啼叫，只不過爲了喚醒我的鄰居。

一八四五年七月四日，獨立日，我第一天住在森林裏，一個白天和一個黑夜。

我的房子還沒有蓋好，沒有灰泥墁，沒有煙囪，只能勉強遮擋風雨，無法過冬，飽經雨淋日曬的粗木板做成的牆壁，裂著通風的縫隙。砍來筆直的樹木做成白色的間柱，剛刨平整清潔的門窗，早晨門壁上掛著露珠，我總懷疑中午的時候還會有甜香的樹膠從木縫裏滲出來。在我的想像裏，這房子一整天都保持著清晨的清新。我想起去年曾到過的一個山頂小木屋，那是一個沒有抹去灰泥的房屋，那裏有清新的空氣，那裏的一切是爲神仙旅途而準備的，適合仙女走動，拽動著裙裾。吹過我的屋頂的風，像吹過山崗的風，時斷時續地奏著像是從天上傳來的樂章。永不停歇的風，永不停歇的仙樂，只是很少有人聽到它。奧林匹斯山存在於大地之外，處處都是。

以前，除了一條小船，屬於我的惟一房屋是一頂帳篷，夏天來了，我帶著它出去郊遊，它現在正捲縮著躺在我的閣樓上；可惜那條小船已輾轉流落，消失在茫茫人海。可是現在不同了，我有了眞正的房子，屋頂爲我撐開一片晴空，我活在這世上，看來已大有進步。這座簡單的房子，包容著我的一種靈性，一種建築者觸及得到的靈性，宛如一幅素描，富於暗示，我不必跑到戶外去透氣，屋子裏的空氣永遠新鮮，即使是雨天，坐在門後和坐在門內的感覺也是一樣的。哈利梵薩曾經說過：「飛鳥絕跡的房屋，像乏味的肉食。」我簡樸的小屋卻不是這樣的，我發現自己與鳥雀爲鄰，倒不是我把它們關在籠子裏，而是我把自己關進了它們鄰近的一隻大籠子裏。與那些更野性、更桀驁的鳥兒也親近起來，那些畫眉、鶇鳥、紅色的磧鳥、山麻雀、鷹和許多別的鳥，恐怕從來沒有向村民們唱過動聽的小夜曲。

我坐著的這個小湖的湖堤，高出康科特一些，距康科特村子以南一．五英里，在市鎭與林肯鄉之間那片廣闊森林的中央，距著名的康科特戰場二英里；然而我藏於森林下面，茂密的森林遮住了其他地方，相隔半英里的湖的對岸，就成了我遙遠的地平線。第一個星期，我無論何時凝視湖水，都覺得它像山裏的一潭清水，高高地泊在山坡上，它的湖底遠遠地懸在其他湖泊的平面上，太陽出來了，湖水褪去霧紗，這裏那裏，湖水或在陽光下跳動著細碎的波光，或現出自己寧靜的湖面。這時，霧從四周退去，隱入林中，像是神秘的集會悄悄散場。掛在樹枝上、山坡上的露珠，第二天仍那樣掛著。

到了八月，雨水剛剛下過，最愜意的是伴在這小小的湖邊，湖面和四周平靜下來，烏雲低低地壓著，中午剛過去一半，卻像是到了黃昏，畫眉鳥遠遠地在對岸叫著。沒有比這時候更寧靜的湖了，湖面上稀薄明淨的空氣，被烏雲塗上了暗淡的色彩，湖水卻反射出明亮的光輝，映著倒影，在水下面形成一個倒垂的天空，更加令人迷戀。

站在剛剛被砍伐的一個山頂向南看，小山起伏巨大的凹處，形成一幅迷人的湖邊圖畫，那凹處正好形成湖岸，一條小溪像是從兩座相向著傾斜而下的小山坡中間流出來，只是沒有溪水。在這些綠色的群山之間或之上，我眺望著遠處藍色的地平線，遠山和更高的山脈。踮起腳尖來，我的確看到了西北邊遙遠的藍得像天空一般純淨的山脈。如果轉過身來，樹木擋住了我，即便站得如此高，仍什麼都看不到。

當你探頭向井底時，哪怕是最小的井，你也會發現，我們的大地並不是一片不斷延伸的大陸，而是孤獨的一小塊土地。這是重要的，它的這一特性與井水與冰鎮牛油一樣值得推崇。發大水的時候，我站在山頂，目光越過湖向薩特泊尼草原望去，可能是濃霧中的山谷出現了海市蜃樓的幻象，我覺得草原升高了，它像一枚銅幣沉在盆形的湖底，湖邊的土地則像脆弱的剝殼，一片片孤獨地浮在水上，我醒悟過來，我不過是生活在乾燥的土地上。

從我的門口往外望，雖然能看到的風景不多，但我從不覺得它狹窄，也不覺得自己被困在中間。這兒足夠我的想像奔跑、放牧。對岸是長滿矮橡樹的山野，廣闊的平原和韃靼式的草原一直向西邊延伸，給所有的流浪人一個大的天地。當達摩達拉需要把牛羊群趕入更大的新牧場時，他說：「沒有誰會比能任意地眺望地平線的人更幸福了。」

斗轉星移，我的生活向著宇宙中的這些部分，向著最吸引我的時代靠近。這地方是如此地遙遠，遙遠得像天文學家在夜晚觀察的星座。我的小屋正位於後面，隱遁在我們經常幻想的、更遠的天邊，神秘、快樂的地方，遠遠地離開喧囂，是亙古純淨的宇宙的一部分。或許，靠近昴星團、畢星團、牽牛座或天鷹座的地方更適合居住，那麼我就居住在那些地方，至少我已與那些星座一起遠離身後的人群和塵世，發出閃亮細碎的光，柔和的光線，讓我的鄰居在沒有月亮的夜晚看到。我的所在是宇宙中的那部分——

曾經有一個牧羊人，
他的思想與山一樣高，
在那高山之上，有他的羊群
時刻給他營養。

如果牧羊人的羊群總是走到比他的思想更高的牧地，他的生活將會怎樣？

每一個早晨，我愉快地醒來，像是受到邀請，我的生活與大自然一樣單純或者明淨，像希臘人一樣，我忠誠地矚目著晨光。我早早起床，到湖中沐浴，這項虔誠的運動，像宗教，是我做得最好的。據說，成湯王在自己的浴盆上鐫刻著：「苟日新，日日新，又日新。」我能領會其中之意。

黎明為我們帶來了最好的時光。我坐在最早的曙光裏，門窗開著，一隻看不見的蟲子飛進來，在我感覺不到的地方飛著，它那嗡嗡的聲音觸動了我，像聽到歌頌的金屬噪音。這是荷馬的《奧德賽》和《伊利亞特》在空中歌唱著悲憤和猶疑，包含著宇宙的本體質感，無盡的世界和無盡的生息，直到它被禁止。

黎明，是一天中最應該珍視的時刻，是醒來的時刻。那時，一天的昏沉幾乎消失了，整日昏蒙的感官在這時候至少有一小時會被喚醒。如果我們並非被天生的靈性給喚醒，並非被內心的召喚和新生的力量所喚醒，而是被傭人生硬地推醒，被工廠的汽鳴聲吵醒，我們醒來時沒有清新的空氣，沒有大自然奏出的美妙樂章；如果，我們醒來，卻沒有抵達比睡眠更加深刻的生命，這樣的白晝卻只能算是沒有光明的白晝；黑夜可以證明自己的作用與白天一樣，黑夜可能產生好的效果。

一個人如果不相信每天都有一個比他匆匆錯過了的更新、更充滿希望的早晨，那一定正走在一條黑暗的、對生命絕望的路上。休息了一夜的生命感官，使人的精神或各部分功能，在新的一天裏又散發出新的活力，一個人自身的稟質又試著去創造新的、更有深意的生活了。我敢說，一切偉大的事情都在清晨的空氣中發生著。《吠陀經》中說：「一切知，俱於黎明中醒。」詩歌與藝術，人類最美好、最值得追憶的舉動，發生於這一黎明的時刻。所有詩人與英雄都像曼儂，曙光女神之子，在黎明的光線中彈送著美妙的豎琴音樂，以飽滿的精神和永不停息的思想追隨著日晷，他的白晝便永遠是黎明的感覺。改變我們的壞習慣，就是要拋棄那昏昏沉沉的睡眠。

那些聰明的人們，如果不是讓自己整日在睡眠中度過，回顧一天的時候又怎麼會那麼痛心疾首呢？如果不是睡眠戰勝了他們，他們本是可以成就很多事情的。幾百萬人清醒著去做苦力；而一百萬人中只有一個人清醒著去思索；一億人中只有一個人過著詩意和神聖的生活。醒來就是活著，我從未遇見過一個足夠清醒的人，如果要是遇到了他，怎敢看他一眼？

我們要學習重新醒來，學習醒著而不再睡去，這要寄託於對黎明的無盡期待，而不是機械的力量。黎明是不會繞過我們而去的，即便是在最深的睡眠中。毫無疑問的，人類能夠並且正在改變自己的命運，沒有什麼比這更令人欣慰和激動的了。完成一幅畫、一座雕像或是幾件美好的工作是值得稱道的，而更偉大的是塑造出美的氣氛，使我們感悟和有所作爲。眞正對時代的本質發生影響的，是極高的藝術。一個人，在最崇高和最危急的時候想到的都能做到，他的生活包括細節才會與他的思想相匹配。如果我們放棄了，或者說放過了我們小小的一閃即逝的思想，也將會得到神明白的諭示。

在林中生活，是因爲我想活得小心而認眞，只面對基本的生活。我想知道，生活將給予我的，我是否已得到，我不想在彌留之時才發現自己白白錯過了生命。生活是這樣美好，我不想把它虛耗；除非萬不得已，也不願去過隱居的生活。我要進入生活的內部，吸取到它的內核，要像斯巴達，擯棄所有虛飾，生活得踏踏實實的，像選出一塊等待收割的田地，細心地割倒、收拾，讓生活進入小小的一角，讓它只具有基本的條件。如果它是卑微的，就去認識它全部的卑微，並告訴世人；如果它是高尙的，就用一生去證實它的高尙，在我再次出遠門時，給它一個眞實的評價。因爲，大多數人還無法確知是魔鬼操縱了生活，還是上帝操縱了生活，卻草率地得出了結論，認爲活著等於是神主宰著命運，並從神那裏得到永久的賜福。

可是，我們的生命仍然像螞蟻一樣卑微；儘管傳說告訴我們，我們已成爲了人，像和仙鶴作戰的小矮人。我們被越抹越黑，這種雪上加霜的做法，使我們善良的天性顯得多餘，我們的生命在瑣碎中耗光了。一個平凡的人，只須十個指頭，再特殊也頂多再加十個腳趾，更大的數字是不需要的，其他的也是如此。簡單，簡單，還簡單。你的事只要兩件、三件就可以了，幹嗎一百件、一千件；你的數半打就夠計算了，最好只須在大拇指甲上計賬，幹嗎計算一百萬。文明生活，像巨浪翻騰的海洋，一個人要活下去，要經受風暴、波濤和一千零一種意外，除非他不願再抵達彼岸，跳入海中，葬身海底，要想功成名就，就要精於計算。簡單，再簡單。何須一日三餐，一餐就足夠了；何須上百樣菜，五樣足夠了，其他的也可以照此減少。

我們的生活像由小邦組成的德國聯邦，邊界永遠是不確定的，甚至德國人也無法隨時說出他們的疆界。國家中那些所謂的政治改革，全是一些浮於表面的工作，這是一個運轉艱難、負荷累累的臃腫機構，擠滿了大大小小的日用品，撞上自己預先設置的障礙，沒有計劃、沒有頭緒，被欲望、揮霍剝蝕乾淨，像一百萬戶人家。惟一拯救這種狀況的方法是嚴厲的經濟手段，比斯巴達人更爲嚴峻的生活，並活得更有方向。

人們太縱容自己的生活，認爲國家一定得擁有工業，出口冰塊，用電報傳遞語言，還要列車每小時行駛三十英里，而從不懷疑它們的作用；我們難以確定自己生活得像個狒狒還是人。如果我們不去製造枕木、鋼軌、不去不分白天黑夜地勞動，只是笨拙地生活著，慢條斯理地應付、改善我們的生活，誰還會去修鐵路？沒有鐵路，我們能準時到達天堂嗎？但是，我們只要坐在家裏，做著自己的事情，誰還會需要鐵路。

你想過沒有，鐵路下面鋪著的枕木是什麼？一根枕木就是一個人，愛爾蘭人，北方人，他們身上鋪起鐵軌，黃沙再來蓋住他們，列車從他們身上平滑地駛過。我只對你說，他們睡得多熟啊。過幾年，又會被換上一些新的鐵軌，列車仍在上面奔馳著。一些人坐著火車快樂地馳過，一根出軌的枕木，像一個夢遊人，我們只能停下車子，大吼大叫，把他弄醒，我覺得這是一個有趣的意外。他們每隔五英里便派去一些人，讓那些枕木老老實實躺著，並保持應有的體位。這樣看來，枕木有時候還是會睡醒過來的。

我們活得匆匆忙忙，浪費著生命，爲了什麼？我們決心在挨餓以前讓自己在饑餓中死去。人們總是說，及時縫補一針，頂得上將來縫補九針，因此，今天他們縫補了一千針，就可以頂將來縫補的九千針了，而他們的勞作卻沒有什麼意義。我們無法靜止，包括頭也在擺動不停，患了多動症。如果我撞了幾下鐘，讓教堂的鐘聲發出火警的信號，康科特田野裏的男人、女人和孩子，儘管剛才還在抱怨他一刻也不能停地忙，這會兒沒有人不會放下手裏的活，在鐘聲大響起來之前，便朝著鐘聲跑來了。說實話，他們主要不是來挽救財產的，火已經燒起來了，他們是來看火的，要知道這火可不是我們引著的，或者他們想看看這火是怎樣被熄滅的。如果不怎麼麻煩，他們也會救救火，僅僅如此，哪怕是教堂著了火。

一個人午飯後剛剛入睡半小時，翻身醒來就問：「剛才發生了什麼？」彷彿所有人都在爲他站崗。還有人吩囑每半小時就要叫醒他一次，卻不爲什麼；然後，對那人講述他的夢境以表謝意。早晨醒來，新聞與早餐一樣不可缺少，「我想知道這個世界上每一個地方、每一個人所發生的新聞」。他一邊喝咖啡，吃著麵包，一邊翻閱報紙，於是，他知道了有一個人今天早晨在瓦克洛河上被剜去了眼睛，可是他毫不在意自己所處的這個世界摸不到底的黑暗和自己的有眼無珠。

對我來說，郵局是可有可無的。認爲只有那些重要的消息值得郵遞，而這些消息是罕見的。我一生中只收到過一兩封值得花費郵票的信——這裏是我幾年前就寫下了的，我們根據一便士郵資的規定，給一個人一便士，目的是收到他的思想，而我們收到的卻經常只是一些無聊的閒話。我敢說，我還沒有在報紙裏讀到過一條不平凡的新聞。如果我們要去讀誰誰誰遭到了搶劫、被殺害或意外死亡，一幢房子被燒毀，一艘輪船沉入海底或爆炸，一頭西部的母牛被撞死在鐵路上，一條狂犬被射殺，或一群螞蚱在冬天出現——只需一件就夠了，不必再去讀其他的。懂得了它們的規則，又有什麼必要去研究那上億件具體的事例？

在哲學家的眼裏，這些所謂的新聞，都是編輯讀者們茶餘飯後無聊的談資。我曾聽說，有一天，人們爲了到報社去聽一個最新的國際新聞，爭先恐後地擁擠著，擠壞了報社的幾塊大玻璃。我認眞地研究過，那只是一個稍稍聰明的人在十二個月以前，甚至十二年以前就準確寫好了的新聞。就像西班牙新聞，只要你懂得把唐卡若荷公主、唐·彼得羅、賽維麗婭和格拉納達等這些名字放入一些適當的文字中間——在我讀到過的報紙中，這些字眼或許有那麼一點點變化吧。實在沒什麼好寫的，談談鬥牛也不錯，這個眞實的新聞，詳細地報導了西班牙的歷史、現狀及發展，與報紙上那些同標題的新聞一樣蒼白乏味。

再比如英國，一六四九年革命差不多就是它每日的最後一條重要新聞，如果你不想用它來投機賺錢，只需瞭解它農業年均收入的歷史就行了，根本無須關注這些事情。你如果能夠作出正確的判斷，那你一定是很少讀報的人，因爲世界上確實沒有發生什麼新的事情，就連法國大革命也如此。

新聞有什麼？只有永遠鮮活的事情，才是重要的。一星期過去了，疲乏、勞累，只想昏睡的農夫們的週末——是無法忍受的一星期稍具安慰的終結，但決不是充滿希望的全新的一星期的開始。可那牧師卻偏偏不把冗長的催人欲睡的佈道詞，傳進農民們懶洋洋的耳朵裏，而是打雷一般地叫著：「停住！停住！你們爲什麼表面上很快，實際上卻慢得與死了一樣？」

謊言、欺騙和謬論被推崇爲完美的眞理，客觀和眞實卻成爲了荒誕的東西。如果人們拒絕受騙，只冷靜地觀察事實，那麼生活就可以比喻爲神話了，像《天方夜譚》。如果我們只敬仰客觀規律中必然出現的和必然存在的，那我們將隨處聽到詩歌和音樂。如果我們智慧而從容，就會明白永不消逝的東西，只會是那些偉大而美好——那些煩瑣的恐懼和歡樂，只是現實投下的黯淡的影子。激情和偉大的往往才是現實。

人們閉目塞聽，神志昏懵，心甘情願地受虛幻事實的擺佈，於是，他們建立了生活習慣，制定了生活守則，時刻維護這些建立在虛幻之上的規則。無憂無慮的孩子，卻比成人更善於發現生活眞正的規律和眞正的事實。自以爲是的成人們，憑藉經驗和小聰明，並不能生活得有價値，他們經常失敗。在一本印度書中，我讀到過一個故事：「有一個王子，很小就被趕出了王宮，一個樵夫把他養大，他從小只知道自己是下等人，同與他一起生活的那個階級的窮人一樣。有一天，他父親的一個屬下發現了他，對他講述了他的出身，他的那些消極認識以及錯誤思想被消除了，他知道自己是一位王子。」那位寫書的印度哲人繼續寫道：「他置身的環境，使他的思想受到靈魂的誤解，只有聖哲給予他指點，他才會明白自己是一個『婆羅門』。」

我們新英格蘭的居民生活得如此卑微，我看，是我們的目光不能穿透事物的外在的現象，把「好像」認爲是「確定」。一個人走過一個城鎮，如果只看見客觀物質，那麼，他該如何來描述「蓄水池」呢？如果他把看到的現實描述給我們，誰也會不知道他講的是什麼。會堂、法庭、監獄、商店和房子，在客觀的眼睛裏，他們是些什麼，它們會被你的描述割裂而無法支撐。我們敬仰眞理，那遙遠的眞理與契約無關，比最遠的那顆星星更遙遠，比亞當誕生得更早，而在末世之後也不會消逝。

當然，無盡的世界是有眞理和偉大的。可是，一切朝代，一切地方和一切場景都是目前的，沒存在於當下。上帝所以偉大，是因爲他的偉大是當下的，他並不會因時間的流逝而更神聖。永久地進入現實，不斷發現我們置身其間的現實，才會眞正領會什麼是偉大。世界總是迎合著我們的思想，爲我們修好道路，不管我們走得快還是走得慢。我們需要用一生的時間去感悟它。從來沒有誰爲詩人和藝術家設計好了偉大而美好的道路，可是，他們死後，至少有一些人會去完成它。

讓我們像大自然一樣從容地度過一天，別讓一個乾果、一隻蚊子來妨礙我們。讓我們早早起床，吃或不吃點心，內心寧靜而不惶惑，不去管來來往往的人群，不去聽敲響的鐘，不去在意孩子的哭聲——下定決心，從容地過一天。我們爲什麼要屈從，爲什麼要被別的東西左右？我們不能因陷入時間設置的迷人的陷阱而驚慌失措。經過了這一關，你就安全了，從此會變得輕鬆起來。

但，不要讓自己鬆懈下來，像尤利西斯那樣把自己掛在桅杆上生活，以破曉的勇氣向新的目標駛近。要是汽笛鳴叫了，讓它去鳴叫，讓它去嘶啞。要是鐘敲響了，讓它去響，我們幹嗎要加快腳步？我們還細細地琢磨它的音符？我們幹嗎要靜下心來做事，我們要經過那些蒙蔽人類心智的輿論、偏見、傳統、謬論與表像，要經過巴黎、倫敦、紐約、波士頓、康科特，要經過教會與國家，經過詩歌、哲學和宗教，最後直到那堅硬的底部，在岩層，我們抵達一個該叫做「現實」的地方。我們確認找到了這個支點，避開洪水、冰雪和烈火，建立一個國家，一座長城，豎起一盞燈，或者安置一台儀器，這不是用來測量尼羅河水的，而是用來測量現實的，告訴後世，一次次的欺騙和假像，一層層高漲的洪水，深不可測。

如果你站在事實的對面，直視著它，你會看到它像一把東方的小彎刀，兩面發出閃爍的光，你能感到它溫暖柔和的刃劃你的心臟和骨骼，你感到了快樂，幸福地願意離開人世的生活。生或者死，我們尋求的只是現實。要是死亡臨近了，我們將去聽自己喉嚨裏的咕嚕聲，去感知肢體的冰涼。人還活著，我們將繼續工作。

時間是一條河流，供我垂釣。我喝它的水，在喝水時看到淺淺的河底，河水流遠了，但永恆不會流走。我想到更深邃的裏面去飲水，到天空中去捕魚，天空的河底鑲滿了石子似的星星。我不認識排在字母表上的第一個字母，無法數「一」。我已不是天生的聰明了，這讓我難過。智慧像一把匕首，它準確地直抵事物的核心，剖開它的秘密。我不想我的雙手去超前工作，我用我的腦袋勞動，這裏彙集著我最有用的器官，我要用頭來掘土，與有些動物用鼻子或爪子一樣，挖掘我的洞穴，在群山中挖掘我的道路。我想就在這裏的什麼地方埋藏著貴重的礦藏，我要在這裏開始挖掘寶藏，用我那尋找金子的手杖和升騰的煙霧作判斷。

孤寂

在這個傍晚，我的每一個細胞都張開了，充滿了愉悅，並且全身上下只有著這一種感覺。我極自由隨意地走來走去，像是大自然本身的一個部分。天微微有些冷，雲堆在空中，吹著風，我只穿著襯衫，在湖邊的小石頭路上走著，什麼都用不著想。這種天氣對我來說恰到好處。在青蛙的叫喚聲中，夜鶯的叫聲被風吹著掠過湖水，形成細細的波紋，再從湖面上傳過來。我被赤楊和白楊的搖晃激動著，這種激情讓我幾乎窒息，喘不過氣來，然而，我仍然寧靜，像湖水一樣，只起波紋而沒有激起浪花。

這種被風輕輕吹起的波紋不會形成波瀾。天已經完全黑了下來，樹林裏的風大起來，猛吹一氣，湖水也被湧起來，在岸上拍出聲響，但一些動物仍柔和地叫著，某些動物在它們溫柔的聲音裏睡去。沒有絕對的寧靜，那些兇猛的食肉獸此刻正在尋找它們的食物，它們不會寧靜；而狐狸、鼬鼠、兔子此刻正在荒原上、森林裏遊蕩，它們不知道害怕，它們看守著大自然——一像鏈條，連接著新的一天。

我回到屋子裏，發現有人已經來過，他們留下的名片，是一小把花，一個常春藤花環，或在黃色的胡桃樹葉或小木塊上用鉛筆寫下的一個名字。那些偶爾到森林裏來的人，一路上總會隨手扯下一些小東西在手裏玩著，經意或者說不經意地把它們留在這兒。我的桌上丟著一枚戒指，它是一位訪客用剝下的柳樹皮做成的，我總是能知道我不在家的時候有沒有客人來過。他們弄彎了樹枝或壓倒了青草，或是留下了腳印，我通常可以從一些蛛絲馬跡裏推測出他們的年齡、性別和喜好。他們拿掉了的一朵花，他們扯來又丟棄的一把青草，還有人把它們一直帶到半英里外，才在鐵路邊丟掉了。有時，還能聞到他們留下的雪茄或煙斗味，我經常因爲聞到了煙斗的香味，而留意到一個正在六十桿以外的公路上的遊人。

我們周圍的地方已經夠大了。地平線在我手不可及的地方，茂密的森林和湖泊離我的門還有一段距離，中間隔著一塊供我使用的空地。我對它已經很熟悉，它被稍稍整理過，圍上了籬笆，像是把它從大自然手裏搶了過來。我憑什麼佔有著如此廣闊的空間，方圓幾英里沒有人跡的森林，它們被人類遺棄卻被我佔有著？離我最近的鄰居在一英里外，只有登上半英里外的小山頂，才能看見他們的房子的一小部分。我能看到的地平線被森林圍在裏面，是我一個人的，最遠只可以看見經過湖的一側的鐵路，和從湖的另一側望出去樹林邊的沿著公路修起的圍欄。

總之，我住在這兒，與住在大草原上一樣孤寂。新英格蘭對於這兒來說，與亞洲、非洲一樣遙遠。這裏的太陽、月亮、星星都是屬於我的，我擁有著一個自己的小世界。夜裏，還有一個人來敲過我的門，或從我的屋前走過，我像是大地上最初或最後的一個居民。只有到了春天，很長時間裏，才會有人從村子裏到這兒來釣魚——在瓦爾登湖，他們顯然只能釣到各自的脾氣，那鉤子鉤起的也只是黑夜的虛無——他們帶著空空的魚袋很快地走了，又把世界扔給黑夜和我，而人類和他們的鄰居都還從未到過黑夜的核心並把它污染。我想，人類仍然懷著對黑暗的畏懼，雖然妖魔都要被絞死了，基督教、蠟燭和光已被傳了進來。

有時候，我的經歷告訴我，大自然的任何事物中間，都隱藏著我們最溫柔、最可愛和最令人愉快的夥伴，哪怕是那些充滿仇恨和憂愁、不幸的人們也能找到。只要我們還擁有完整的五官，在生活裏去細細體會大自然，憂鬱就離我們遠一些，暴風雨在完好純淨的耳朵裏，是風神依奧勒斯送來的音樂。坦蕩而無畏的人，不會被任何平凡的事情左右而發出世俗的感歎。當我享受著四季的恩賜，我相信，沒有什麼會讓生活成為我沉重的負擔。

今天，雨水滋生著我的豆子，它使我整日待在屋中，沒有感到沮喪或鬱悶，我不能鋤地，但比鋤地還要好。如果雨老是下個不停，淹壞了我的種子和矮小的馬鈴薯，但高處的青草卻生長得更好了。既然這樣，那它對我也是很好的。有時候，我覺得若神靈給予了我比別人更多的愛，它們超出了我應得的，像是得到了他們手裏有著一張關於我的證明或保單，因而給我更多的關照和指引，而別人卻沒有。我沒有自我誇耀。

我從沒有感到過寂寞，寂寞也不來壓迫我。僅僅有一次，我到來了幾個星期，有一個小時的時間，我產生了懷疑，獨處似乎讓我有些鬱鬱不樂，我懷疑是否需要一些鄰居來陪我度過寧靜健康的林中生活。同時我感到了心態上的失常，但我似乎感到我又回到正常的情緒裏去，這時候，雨柔和地滴灑下來，我突然覺得受到了大自然的恩惠和關愛，能與它做伴是多麼幸福。

雨滴滴答答地下著，我屋子周圍的一切聲音和一切景象透出無盡的友愛，這個友好的氛圍，一下子淹沒了我想像中的有鄰居有種種好處的思想。後來我再也沒有想過該有一個鄰居，一枝枝小松針很有同情心地把自己長大起來，成了我的朋友，很明白地讓我感到了這裏有著我的同類，在這偏僻荒涼的地方，和我的血統最相似和最具有人性的，卻不是某一個人或某一個村民。從此，沒有一個地方會讓我覺得是陌生的。

用慟哭撫平悲傷，這徒勞的舉動，
生者的大地上，他們的時光短暫，
托茲卡爾的美麗女兒。

在春季和秋季，長長的飄雨天氣裏是我最愜意的時光，上午和下午我都被關在屋子裏，不停歇的雨水和風聲撫慰著我。我從早起的黎明到漫長的黃昏，有多少思想存在、紮根和自己發展起來。村裏的房舍在這種從東北方向來的暴雨中經受了考驗。女傭們拎著水桶和拖把，站在洪水裏，不讓它們從大門口進來。我坐在我的小屋僅有的一扇門後，這惟一的門，給了我庇護。湖對岸的一棵松樹，在一次雷雨中被劈開了一條口子，從上到下，有一英寸或多於一英寸深，四五英寸寬，形成一道螺紋狀的深溝，非常明顯，像是故意雕在手杖上的那樣。

有一天我從那裏走過，抬頭看見那個八年前的痕跡，在那次可怕的雷擊中留下的痕跡令我驚異，它似乎比從前更鮮明了。經常有人問我：「想必你獨自住在那兒，肯定很孤獨，總是想到人們中間來一會兒吧，尤其是在雨天、雪天和夜晚，」我眞想回答他——我們的整個地球，不過是宇宙中的一丁點，就連天上那顆星星，我們也無法用天文儀器測量出它的面積或邊際，你想在它上面相隔得最遠的兩個人之間該有多少距離？我怎麼會感到孤獨？難道我們的地球沒有在銀河系內？

我覺得，你提出了多麼微不足道的問題，到底要多遠的距離把個人和人群隔開後，他才會感到孤獨？我很明白，兩條腿無論有多賣力，兩顆心也不會因此而走得更近，誰才會是我們最好的鄰居呢？並不是人人都要喜歡車站、郵局、酒吧、禮堂、學校、雜貨店、住宅區、賭場，儘管人們經常在那裏聚會，人們更樂於走入大自然裏邊去，那裏才是我們生命的不息動力。在我們的過往裏，我們常感到這種需要，與長在河邊的柳樹一樣，它的根總是要向著水的方向生長。

雖然每個人的需求因性格上的差異會出現分歧，但一個智者，只能到有著生命不息動力的大自然那裏去掘他的井……。一天夜裏，我在走回瓦爾登湖路上追上了一個村民，他已是「一份豐厚家業」的主人，雖然我還沒有去見識過，他要把兩頭牛趕到集市上去。他問我，怎麼想起來要放棄那麼多人生的樂趣像這樣生活？我告訴他，我確定這樣的生活是我喜歡的。我沒有開玩笑。這樣，我回家，上床睡覺。在黑夜的泥濘中，他一個人走到布來頓——或者光明之城去——大概走到那裏的時候天已經亮了。

當一個死去的人蘇醒或重新活起來，相對於這種情形來說，時間地點都無關緊要，無論這種情形發生在什麼地方，都沒有什麼關係，我們的感官只會感到難以形容的喜悅。而我們總是被那些表面的、瑣碎的事情拖累著，並爲它們而分心。最初是創造萬物的能量寓於生命之本質，然後是自然規律在往復循環，最後是那個親自創造了我們的工匠，但他並不是我雇來的、經常同他閒聊的那個工匠。

神鬼之爲德，其盛矣乎。

視之而弗見，聽之成弗聞，體物而不可遺。

使天下之人，齋明盛服，以承祭祀，洋洋乎，如在其上，如在其左右。

我們是用來做一個實驗的材料，但這個實驗吸引著我。這個時候，我們難道不能把這惱人的世界拋開一會兒——只留下我們自己的思想來激勵我們。

當我們有了思想，就能清醒而歡欣鼓舞。如果我們有意識地努力完善我們的心靈，那麼我們的思想就會超越一切行爲及結果，無論好事還是壞事，都只會從我們身旁流過，像河水一樣，我們在大自然中就會是澄明的，而不完全是糾纏不清的。我可以是一塊木片，漂在湍急的洪水裏，也可以是擅用雷雨的因陀羅，站在空中望著大地。我可能被一齣戲劇感動，而聯繫著我命運的事情卻可能感動不了我。

我只知道我是一個存在著的人，而這個存在著的人像一座舞臺，不斷呈現著我的思想。我能遠遠地觀望自己，就像觀望別人一樣，因爲我的人格有著雙重性。我的經驗不起任何作用，我總是感到我的一個部分從我的身上分離出來，在一旁評判著我，它像是與我無關，只是一個觀望者，與我不分擔任何經驗，他不是你，也不是我，他注視著他自己。等戲演完，人生也完了，即使是悲劇，觀眾也會散去。至於第二種人格，它是想像力的作品，當然是虛構的。可是這雙重人格，有時也妨礙了別人成為我們的鄰居和友人。

更多的時候，我感覺到了孤寂的好處，它對健康是有利的。即便你有著最好的夥伴，時間一長，也會厭棄，只會自尋煩惱。我愛孤獨，沒有比寂寞更好的夥伴了。在國外，混跡於人群裏的那種寂寞，恐怕比獨自一個待在屋子裏有過之而無不及。一個人，當他工作著和思考著，他只會是孤單，不要管他愛上哪兒去，寂寞和一個人離開了自己的夥伴有多遠的距離之間是無法計算的。

眞正好學的學生，即便是在劍橋大學最熱鬧的養蜂室裏，也會感到非常寂寞，像行走在沙漠上的僧侶。農民可以獨自一人在田野上、森林裏待一整天，卻不感到寂寞，因為他在耕種或伐木，有工作可做。而在夜裏，他回家以後，卻必須見到他的家人，或去別的地方消閒一下，以補償一天的寂寞。他無法一個人待在屋子裏思考，他奇怪那些學者日日夜夜地把自己關在屋子裏，卻不會感到無聊與鬱悶。可是他無法明白學者們雖然把自己關在屋子裏，但卻和農民們一樣，也在他們自己的田野裏耕種，在自己的森林裏採伐，而後他們也需要去消閒、去交往，只不過形式會有所不同。

一般來說，社交是沒有多少價值觀的，人們匆匆相聚，還來不及獲得閃光的東西。我們在每天吃飯的時候相遇，交換我們的臭乳酪。我們遵守著文明禮貌，牢記著若干規定，以免公開吵鬧，下不了臺。在郵局、公共場所和每晚的爐火邊，我們的生活被撞著推著，互相干擾，磕磕絆絆，我想，我們已失去了相互的敬意。少幾次熱烈的重要集會也一定沒有什麼關係。想想工廠裏的女工——一輩子生活在別人中間，連做夢也不是獨自的。要是與我一樣每個人都能有一英里的空間，那該多好，我們沒有必要去擁著擠著、互相碰觸，因爲人的價值觀並不在於他的外表皮膚上。

我聽說，有一個人在森林裏迷失了方向，他躺在一棵樹下，又累又餓，身體異常虛弱，由於病中的想像力，他看到了許多神奇的幻象就在他的身邊，並以爲這些都是眞的。在我們的身心都要很健康的時候，同樣也可以從與此類似的但更自然、更健全的生活裏得到振奮，我們就會知道，我們並不寂寞。

在我的房子裏，尤其是訪客尚未來的早晨，我有許多夥伴。讓我試著列舉一下，也許能描述出我的某些狀況。比起湖上歡叫不已的潛水鳥，我並不更孤獨，比起瓦爾登湖，我也並不更孤獨。我想問問有誰會來陪伴這孤獨的湖？可是飛翔在它湛藍的湖水之上的卻是藍色的天使，不是魔鬼。太陽是孤獨的，只有烏雲密佈的天空中可能會出現兩個太陽，但另一個是虛幻的，上帝是孤獨的——只有魔鬼才不會孤獨，他們總是拉幫結派。比起一朵毛蕊花或一株牧地裏的蒲公英，我不會更寂寞。我也不會比一片豆葉、一根敗醬草或一隻馬蠅、一隻黃蜂更寂寞；比起密爾河，一隻風信標、北極星和南風，我不會更寂寞；也不會比四月裏下來的雨、春天裏融化的雪和第一隻在新屋裏結網的蜘蛛更寂寞。

在天空中飄著大雪、風在樹林裏吼叫的漫長的冬夜，一位老人不時來到我的小屋，這個老移民是這兒舊時的主人，據說是他挖成了瓦爾登湖，在湖岸安上石子，種滿了湖邊的松樹。他對我講述過去和現在的事情，那些永恆的故事。我們度過了愉快的夜晚，談了對事物的看法，交往讓我們如此快活，儘管沒有蘋果吃，也沒有蘋果酒喝——他是我最智慧、最風趣的朋友，我從心底裏喜歡他，他懂得的秘密比谷菲和華萊還要多。儘管大家說他已不在人世，可沒有人告訴過我他埋在哪裡。

就在我的房子不遠的地方，還住著一位老太太，其他人根本看不見她，我卻經常走到她的藥草園中去採集藥草，聽她講寓言故事。她有著驚人的想像力，並且她的記憶比遠古時代的還要遙遠，每一個寓言故事的來源，它眞實的事件根據，她都能把它清清楚楚地講述給我，因爲這些都是在她還是一個姑娘的時候發生的。這個紅光滿面、硬朗的老太太，任何時候都是高高興興的，毫不理會氣候和季節的變化，看來她比她的兒子們還要活得長久。

陽光、雨露、微風、夏季、冬天——大自然爲我們奉獻出了多少難以表達的恩惠，我們獲得如此多的健康、快樂，它對人類有著多麼深切的憐憫。當有人因不幸而哀痛時，這種哀痛也會感動了大自然，太陽黯然失色，風嗚咽著，像人的哀歎，雲朵流下淚水，才到仲夏，樹木落下了葉子，換上素裝。我們哪裡能不與大地生息相關？我們也是那些植物和蔬菜的一部分泥土，不是嗎？

到底是什麼藥物讓我們獲得了健康、寧靜和滿足？你和我的曾祖父並沒有給我們，而是我們的曾祖母——大自然——給了我們補品，全世界的蔬菜和植物靠著它營養，她自己也依賴它永遠年輕，她生活的年歲超過了她的夥伴，他們衰敗後化成養料，更加使她健康。這不是遊醫將冥河水與死海水配製成的藥水，裝在藥瓶子裏，藥瓶子裝在我們偶爾見到的黑色船形車子上，那種淺淺的長長的車廂裏裝著藥水，不是我的靈丹妙藥。

還是讓我喝一口黎明裏純淨的空氣吧，這黎明的空氣，如果在每天開始的時候，人們不願意喝這泉水，那只有把它們裝進瓶子裏擺在商店裏，賣給那些沒有讓黎明來叫醒他們的世人。但是要記住，它只能放在地窖裏冷藏，只可以放到正午，但是，要在正午到來前就把瓶蓋打開，讓它跟隨白晝慢慢轉移到西邊去。

我並不敬仰健康女神，那個遠古的草藥醫師愛斯古拉斯的女兒，在紀念碑上，她的一隻手裏有一條蛇，另一隻手裏有一隻杯子，蛇經常去喝杯裏的水。我情願去敬仰希勃，這個希臘神話裏爲朱庇特大神掌杯的青春的女神，是朱諾和野萵苣的女兒，爲眾神掌管著酒宴和負責爲他們斟滿酒杯，她可以使神和人返老還童。她可能是世界上所出現過的最健康、最精神、最強健的少女，她走到哪裡，哪裡便成了春天。

梭羅年表

一八一七年　七月十二日，梭羅出生於美國麻塞諸塞州康科特鎮一個小生產者之家，在四個兄弟姐妹中排行第三。十月十二日接受洗禮，取名大衛·亨利·梭羅。

一八一八年　舉家隨父親經營的雜貨店遷往姆斯富特小村。喜歡滑雪橇的小梭羅事故不斷，在一次玩耍斧頭時，不慎砍斷了一截腳趾。

一八二一年　舉家遷往波士頓。父親關閉了生意日漸冷淡的雜貨店，開始在一家中學任教。

一八二二年　在探望外祖母的時候，第一次遊覽了瓦爾登湖。

一八二三年　回到故鄉康科特，全家生活拮据，靠製造鉛筆生活。先入私立幼兒學校，後進入鎮辦中心學校就讀，受母親影響，能大段背誦《聖經》。外表嚴肅的小梭羅被同學稱爲「法官」。

一八二八年　與其兄約翰一起進入康科特學院學習。

一八三三年　考入哈佛學院。學習多門外語，獨鍾自然史，喜歡散步和思考，在同學印象中「冷峻而不易動情」。

一八三六年　因患肺結核離開哈佛，幾經休養，最終前往紐約，協助父親推銷鉛筆。

一八三七年　在愛默生的推薦下，受哈佛公司總裁昆西贊助，使梭羅榮獲二十五美元獎學金；畢業後在中心學校任教，後辭職。加入非正式的新英格蘭先驗論者組織——「赫奇俱樂部」，不定期在愛默生的書房中聚會。十月二十二日起開始寫日記，最終達二百多萬字。研究改進鉛筆鉛芯的質量，從哈佛圖書館的蘇格蘭百科全書中得到啓發，用巴伐利亞黏土混合石墨，研製磨粉機，生產出更精細的石墨粉。改原名大衛·亨利爲亨利·大衛。

一八三八年　接管康科特學院，發表題爲「社會」的演講，並被選舉爲任期兩年的圖書館館長。

一八三九年　七月，一個十七歲的少女愛倫·西華爾到康科特拜訪了梭羅一家，梭羅兄弟二人均對她一見鍾情。八月三十一日，梭羅和哥哥約翰登上自造的馬斯克特奎德號船，開始了在康科特和梅裏馬科河上爲期兩周的旅行。深得愛默生喜愛，在先驗論者季刊《日晷》上，愛默生寫道：「我的亨利．梭羅將成爲這種社交聚會的大詩人，並且總有一天會成爲所有社交聚會的大詩人。」

一八四〇年　開始大量發表散文和詩歌。愛倫．西華爾先後拒絕了約翰和亨利的求愛。與埃勒裏．強尼結識，強尼成爲梭羅的摯友，並於一八七三年率先爲梭羅寫傳。

一八四一年　關閉康科特學院。住進愛默生家中，成爲這位思想巨人的助手。

一八四二年　一月一日，約翰被剃刀割傷，得了破傷風，一月十一日在梭羅的懷中死了。不久以後連續幾個星期，梭羅臥病在床，心情抑鬱。夏季裏，他認識了納旦尼爾．霍桑，霍桑拜讀了一八四二年七月號《日晷》上梭羅的文章《麻塞諸塞的自然歷史》後，便斷斷續續給梭羅以文學上的贊助。

一八四三年　在《美國雜誌和民主評論》上，發表批判技術烏托邦思想的《重新獲得的天堂》。

一八四五年　提著一柄借來的斧頭，開始在瓦爾登湖畔自建木屋，自力更生，一住二十六個月。完成康科特和梅裏馬科河上的乘船遊記，以及關於湯瑪斯．卡萊爾的講稿。

一八四六年　開始寫作《瓦爾登湖》，其間因「逃避人頭稅」而遭員警關押了一夜。發表關於卡萊爾的演說，並積極參加廢奴集會。八月三十一日至九月初攀登位於緬因州的克塔登山。

一八四七年　完成《瓦爾登湖》的初稿以及《在康科特河和梅裏馬科河上的一個星期》後離開了瓦爾登湖，在愛默生家中待了十個月。在接受他的哈佛班級十周年紀念問卷調查時，寫道：「我是個校長、家庭教師、測量員、園丁、農夫、漆工，我指的是房屋油漆工、木匠、石匠、苦力、鉛筆製造商、玻璃紙製造商、作家，有時還是個劣等詩人」。

一八四八年　在新英格蘭巡迴演說。大幅度修改《在康科特河與梅裏馬科河上的一個星期》，並著手《瓦爾登湖》第二版的工作。

一八四九年 在同意以版稅支付出版費用的情況下，詹姆士·芒羅和波士頓公司出版了《在康科特河與梅裏馬科河上的一個星期》，讀者對該書的評論不一，銷售不佳。梭羅繼續校改該書內容。六月十四日，姐姐海倫死於肺結核，家中的鉛筆生意轉為主要為電鑄版提供鉛粉，生意日旺；秋天，在較靠近康科特中心處購置一間大房。同愛默生的友情趨淡，對漸長的名氣和聲望給愛默生帶來的影響心存疑慮，對別人指責他不過是愛默生的追隨者甚為苦惱，對愛默生不大力宣傳《在康科特河與梅裏馬科河上的一個星期》感到憤懣。十月，和強尼一道首次去科德角旅遊。

一八五二年 《瓦爾登湖》第四版的部分摘錄發表於《聯合雜誌》，但幾乎沒有引起人們的注意。該雜誌停刊時，梭羅沒有得到分文補償。

一八五三年 從頭版的一千冊《在康科特河與梅裏馬科河上的一個星期》中取出七百零六冊，存在自己家中的閣樓上。「我的藏書近九百冊之多，其中七百多冊是本人所著。」

一八五四年　幾經修訂後的《瓦爾登湖》印行兩千冊，讀者反應熱烈。年底銷出一七四四冊，一部分還遠銷英國，受到喬治・艾略特盛讚，「我們終於可以看到一點純正的美國生活了。」梭羅名聲漸大，並顯示出了大師氣象。

一八五五年　虛軟乏力，病魔連續折磨了他兩年多。發表了《科德角》一書。但與柯帝士就稿酬問題發生分歧而致連載中斷。當時柯帝士心存顧慮，生怕梭羅的語氣觸犯了科德角居民。七月，梭羅第三次前往科德角，強尼隨行，乘坐帆船前往普羅文斯敦港，在海蘭萊特待了兩周，搭乘帆船回到波士頓。

一八五六年　梭羅同奧爾科特一起去拜訪沃爾特・惠特曼，惠特曼贈與親筆簽名的一八五六年版《草葉集》，梭羅對其中的肉欲描寫感到驚愕，但仍稱之爲「偉大的原始詩集——是響徹美國營地的警鐘號角」。

一八五七年　拜見正在康科特探望F・B・桑伯恩的約翰・布朗，聽布朗暢言並捐

一八五九年　贈了些許錢財。七月二十日至八月七日橫穿緬因。

一八六〇年　父親去世，梭羅擔負起贍養母親和供養妹妹的重任。保護桑伯恩免受聯邦執法官逮捕，開始寫作《約翰·布朗最後的日子》。年底患上支氣管炎。

一八六一年　前往明尼蘇達州，收集植物標本，瞭解印第安人的生活，拜見了後來領導蘇人起義的酋長利特爾·格羅。七月初返回康科特，身體狀況惡化。修訂《在康科特河和梅裏馬科河上的一個星期》，與妹妹一同安排《緬因森林》和《科德角》的出版事宜。九月，最後一次遊覽瓦爾登湖。

一八六二年　五月六日，因肺結核醫治無效逝世。享年四十五歲。

國家圖書館出版品預行編目資料

湖畔沉思：瓦爾登湖畔散記 / 亨利・大衛・梭羅著；吳雲麗翻譯. --初版. --新北市：華夏出版有限公司, 2024.01

面；　公分. --（Sunny 文庫；315）

ISBN 978-626-7296-36-3（平裝）

874.6　　112006361

Sunny 文庫 315

湖畔沉思：瓦爾登湖畔散記

著　作　亨利・大衛・梭羅

翻　譯　吳雲麗

出　版　華夏出版有限公司

220 新北市板橋區縣民大道 3 段 93 巷 30 弄 25 號 1 樓

電話：02-32343788　傳真：02-22234544

E-mail：pftwsdom@ms7.hinet.net

印　刷　百通科技股份有限公司

電話：02-86926066 傳真：02-86926016

總 經 銷　貿騰發賣股份有限公司

新北市 235 中和區立德街 136 號 6 樓

電話：02-82275988　傳真：02-82275989

網址：www.namode.com

版　次　2024 年 1 月初版—刷

特　價　新台幣 280 元（缺頁或破損的書，請寄回更換）

ISBN-13：978-626-7296-36-3